酒时光

寻味法国葡萄园

陈增涛 | 著

Le Temps du Vin
à la Découverte des Vignobles Français

生活·讀書·新知三联书店

序一

　　中国人喝葡萄酒只是一种时尚，还未形成风气。虽然唐诗中早已有
"葡萄美酒夜光杯"一句，但喝酒的地方是当时塞外之地，关内是以喝五
谷酿制的白酒为主。就算到了现在，中国人对葡萄酒的认识始终不深。

　　我读过几本关于葡萄酒的书籍，其中有部分是直接从其他语言翻译
过来的，亦有不少类似一本手册，虽然详细说明了各葡萄酒产地、庄园
特性，但看不出作者对葡萄酒有真正认识。

　　陈增涛长居法国，曾在法国大学任教，现在他甚至在当地拥有自己
的葡萄酿酒庄，平时听他讲葡萄酒的知识已经令人陶醉，今日，陈兄雅
兴大发，写了一本关于葡萄酒的书，着我撰序。我自知对葡萄酒认识不深，
不能担此重任，但当我读完陈兄这本书之后，发觉即使是一个自认懂得
欣赏葡萄酒的人，相比于陈兄在书中的见识，可说也只是略懂一二吧。

汤文亮博士

纪惠集团行政总裁

序二

陈增涛先生写作这本甚有启发作用的法国红酒书，实在可喜可贺。

本书将带领你发现法国最重要的四大红酒产区，包括波尔多、大勃艮第、南北罗纳河谷和地中海普罗旺斯。通过对风土、主要葡萄品种的介绍，让你知道如何酿造法国名酒。另外亦通过对红酒评论家、酿酒师以及酿酒知识的介绍，带领你熟悉红酒世界。

陈先生在这本书中亦教你如何在餐馆点酒，更按市场的酒窖列出一张好酒名单。同时，我认为本书能让读者学会欣赏罗纳河谷地区的红酒这一点极其重要，因为我觉得用歌海娜酿造的红酒特别适合中式菜肴。

相信本书可助你准备一台以红酒佐餐的盛宴。

菲利蒲·凯瑧（Philippe Cambie）

2010 年被罗伯特·帕克（Robert M. Parker, Jr.）封为

"世界最佳酿酒师"

Je tiens à féliciter M. Chan pour l'écriture de ce livre très instructif sur les vins français.

Ce livre va vous faire découvrir quatre des plus importantes régions viticoles de France, le Bordelais, la grande Bourgogne, les deux régions du Rhône ainsi que la Provence. Il vous permettra de découvrir, au travers de ces récits, les notions de terroir, les principaux cépages, et la façon dont on élabore les grand vins en France. Il vous permettra de vous familiariser avec le monde du vin, au travers de ces critiques, oenologues et vinificateurs.

M. Chan vous aidera a choisir les vins au restaurant, et vous donne une liste de bon vins disponibles sur le marché chinois. Je pense que ce premier ouvrage sera très important pour que vous puissiez apprécier les bons vins de la vallée du Rhône, car le grenache est pour moi le compagnon idéal de la cuisine chinoise.

Que ce livre vous prépare à une grande fête autour d'un verre de vin!

Philippe Cambie

简体版序

　　如果没有老朋友——前北京三联书店老总董秀玉女士的怂恿，可能这本书只会在香港出版而不会在内地面世。近年来，红酒在国内大行其道，光是超市货架上的红酒品种便林林总总，大有取代中国传统的烈酒和绍兴酒市场总和的势头。唐诗中曾有"葡萄美酒夜光杯"之说，但唐朝这种舶来货似乎在中国后来的历史里消失得无影无踪。近二十年，红酒才重新登上中国餐桌成为贵宾。作为欧美红酒极品，法国红酒风靡新兴的中国市场顺理成章，但是饮用红酒的文化在国内还亟待建立。本书讲述法国红酒及其历史悠远的文化，简明而实用，抛砖引玉，以助建立有中国特色的红酒文化。书中采用柏拉图式的对话形式，少用英美品酒术语，以避免无谓的中西文化冲突。

　　作者的目的是希望读者能在两三小时内速读本书，在浏览间不知不觉融入红酒文化的空间广度和时间深度。从实用的角度，则希望读者能尝试做到上餐馆从容点酒，上酒窖从容选酒。如果想对红酒有更深入的认识，就只有通过实践，故本书最后附有一份选购红酒的简明清单，以飨读者。

陈增涛

于法国普罗旺斯卧龙山庄

CONTENTS 目录

第一章

走进法国四大葡萄酒产区

勃艮第
Bourgogne

波尔多
Bordeaux

北罗纳河谷
Nord de
Côtes du Rhône

普罗旺斯
Provence

波尔多
Bordeaux

右岸 La Rive Droite
● 波美侯 Pomérol
● 圣埃美隆 Saint-Émilion

两海之间
Entre-Deux-Mers

左岸 La Rive Gauche
● 圣埃斯泰夫 Saint-Estèphe
● 波亚克 Pauillac
● 圣朱利安 Saint-Julien
● 玛歌 Margaux
● 佩萨克-雷奥良 Pessac-Leognan
● 苏泰尔纳 Sauternes

巴黎 Paris

法国
FRANCE

波尔多
Bordeaux

波尔多的葡萄品种

赤霞珠

梅洛

品丽珠

1. 赤霞珠（Carbernet Sauvignon）

　　单宁（tanin）含量高，是少有的酿造陈年红酒的最佳选择之一，可存上几十年，散发出的酒香（bouquet）丰富、复杂：有黑加仑、烟草、野味和雪松的香味。酒体强劲、结实，但不激情。年份短的酒体呈深紫红色，有黑果和青椒的香味，入口味涩。此品种多与温厚的梅洛配制。葡萄果实小，皮厚，晚熟。

2. 梅洛（Merlot）

　　单宁含量偏低，新酒较易入口，可以马上喝。酒体丰满而厚实。波尔多右岸的名酒大多与少许品丽珠（Carbernet Franc）一同酿造，以增加储藏年期。具有多款黑果——李子干、黑莓、蓝莓、黑樱桃的香味。果实比赤霞珠大，皮较薄，易熟。

波尔多的风土

　　波尔多左岸绵延着一条富含石英石和泥沙的带状沙砾层，从沿河的梅多克（Médoc）葡萄园一直到东南产甜酒的苏泰尔纳（Sauternes）。右岸的圣埃美隆（Saint-Émilion）和波美侯（Pomérol）是与梅多克沙砾层类似的小圆丘，往多尔多涅河（Dordogne）方向是土壤以沙砾和泥沙为主的拉朗德波美侯（Lalande de Pomérol）产区——亦有"穷人的波美侯"之称。

　　如果说土壤、地形决定了波尔多名酒的质量，气候对于是否能够酿造出年份的红酒则起了决定性作用。在拥有温暖的海洋性气候的波尔多，西风带来经常的雨水，尤其是在深秋至早春，充分的雨水让地下水在葡萄藤休养期间获得补充，葡萄便能在炎热的夏天得到水分。温暖的春天使葡萄早早发芽，5、6月到9月间采摘葡萄季节时的艳阳则是好年份的保证。

Bordeaux

时间里的波尔多红酒

　　波尔多有12万公顷的法定产区（Appellation d'Origine Contrlée，缩写AOC），8000个美其名曰"古堡"（Château）的酒庄，面积是勃艮第葡萄园的五倍。公元1世纪时人们已经开始在波尔多种植葡萄。公元4世纪，罗马帝国诗人欧颂（Decimus Magnus Ausonius）写道："啊，我的故乡，以她的红酒闻名天下！"据说，圣埃美隆最出名的欧颂酒庄（Château Ausone）因此得名。公元12世纪，当地的女公爵埃利诺（Aliénor）嫁给即将登上英国王位的亨利二世（Henry II Curmantle，金雀花王朝开创者），从此，波尔多红酒跟随大英帝国的军舰商船走遍世界。1787年，美国第三任总统杰弗逊（Thomas Jefferson）在担任美国驻法大使期间，将玛歌（Château Margaux）、拉度（Château Latour）、侯伯王（Château Haut-Brion）和拉菲（Château Lafite-Rothschild）评为波尔多四大顶级红酒。1855年，波尔多左岸红酒"分级体制"出炉，沿用至今。1954年，圣埃美隆也开始了它十年复审一次的分级排名。1973年，木桐酒庄荣升一级酒庄，并由毕加索设计当年标签。

木桐红酒

复活节假期，朋友埃维前往他在地中海的庄园，途经普罗旺斯，顺道来我家小住两天。

"你在电话里说，去年酿的红酒刚入瓶。为此我特别带了一瓶陈年珍藏来比较一下。"埃维知道，除了特殊场合，我多喝新酒。

"伯乐和千里马相得益彰。你带来什么好酒？"

"陈年好酒的话，我知道你对波尔多左岸波亚克村（Pauillac）浓郁的红酒情有独钟，所以……"

酿制红酒的葡萄似乎与山谷、河流有着不解的缘分。多尔多涅河（Dordogne）和加龙河（Garonne）交汇后称为吉伦特河（Gironde），因红酒闻名遐迩的波尔多，城市中心就位于两河交汇处邻近加龙河的左岸，波尔多红酒的五大一级酒庄也全都位于左岸，其中三个就在吉伦特河左岸的波亚克村。通常提到的波尔多左岸的红酒，指的便是吉伦特河左岸、波尔多下游一个叫梅多克（Médoc）的地区出产的红酒。梅多克夹在大西洋和吉伦特河之间，如在水中，所以在罗马帝国时被称为 medio acquae，也就是"水中间"的意思。波亚克村得益于堆积在吉伦特河港湾的一层厚厚的沙砾和三角洲的黏土，沙砾使土层在雨水多时能够快速排出水分，而土地深处的黏土又能保证整年水分充足，正好构成了种植

葡萄的理想土壤。尤其是在波亚克法定产区内的 1200 公顷葡萄园，不少都名列 1855 年鉴定的五级酒庄。

"带了什么好酒来？别故作神秘了。"对于埃维这位在巴黎上班的基金公司总经理，喝好酒是理所当然的事。我曾经听他开玩笑说，酒喝得不称心倒不如不吃饭。

"是瓶 2001 年的木桐，吃午饭时喝。我还多带了一瓶木桐的副牌酒（Second Vin），留下给你以后喝。"其实，一听埃维说他带了酒来，我已经猜到十有八九是波亚克村的波尔多红酒，因为对于波尔多左岸的红酒，他可以花一整天娓娓道来，如数家珍。

"真巧，午饭我恰好准备了烤羊腿——我特别向我们村里的肉铺订了一条锡斯特龙（Sisteron）羊前腿。"除了红酒之外，法国的牛肉、羊肉，甚至猪肉都是世间上品。

"哈哈，你也真是神机妙算！"可不是，既然一早猜到是波亚克的陈年醇酿，小羊腿岂非最佳搭配？

提到波尔多的木桐酒庄（Château Mouton Rothschild），便令人不期然联想到这家酒庄不同凡响的历程。那出奇制胜的商业手法，显示了人的因素是如何将一件平凡无奇的产品化腐朽为神奇。德意志犹太金融世家罗斯柴尔德（Rothschild）在法国的家族第二分支于 19 世纪中叶买下今天被称为"木桐"的葡萄园，其后传至菲利普·罗斯柴尔德（Philippe de Rothschild）这位花花公子手中。为躲避第一次世界大战，菲利普在波亚克的木桐庄园度过了童年。1926 年，也就是在他主管家族的木桐葡萄园的第二年，菲利普不再沿用当时葡萄园的通行做法——把红酒散装批发卖给酒商，由他们入瓶销售——而是自己在酒庄入瓶，开启了由酒庄自己控制品质、培养和行销红酒的先河。其间，为了保证以木桐酒庄为名的红酒的品质，菲利普开始将次等品质的红酒用"木桐嘉棣"（Mouton Cadet）的商标销售。罗斯柴尔德家族不仅是金融巨子，也是行销高手。

"波亚克村可说是遍地好酒，
但木桐红酒更是鹤立鸡群"

其实木桐红酒的价值已超越了红酒本身。仅看酒瓶上的标签，就觉得此酒与众不同。和其他酒庄不一样，木桐酒庄的酒瓶标签每年都不重复，尤其是红酒酒瓶的标签，年年都由不同艺术家的作品作为陪衬，将饮食艺术与视觉艺术糅合在了一起。

我把滗析了两小时的红酒给大家分别倒上三分之一杯，一边拿起酒杯看红酒的颜色，一边鼻子已经嗅到酒中黑莓和肉豆蔻的香味，清新而柔和。

"十多年的陈酒了，一直藏在家中的地窖里，该是可以喝的时候了。"

果然是好酒。

在法兰西这个美食的国度，复活节的传统食物便是烤羊腿，法语叫gigot pascal，直译为"复活节羊腿"。波尔多左岸的陈年上品红酒搭配复活节羊腿，有如牡丹配绿叶，令人愈加喜爱。

"配菜是黄油卡马尔格（Camargue）香米加清炒杏仁片。"普罗旺斯罗纳河（Le Rhône）入地中海处有一片沼泽，叫卡马尔格，是法国种大米的地方。卡马尔格香米的价格远比驰名的泰国香米便宜，在嚼劲上两者各有所长。

"昨天我在市场买了本地山区小作坊的乳酪，也买了你喜欢的羊乳蓝干酪——罗克福奶酪（le Roquefort）。至于甜品，早熟的樱桃品种布莱特（Burlat）在树上正红得发紫，饭前我就去摘。"想不到，埃维这位大经理忽然兴致大发，嚷着要和我一起去摘樱桃。

"那我给你找一双胶靴吧。昨晚下了场大雨，我们会经过邻居的葡萄园，那里可能还一地泥泞呢。"

"你们的邻居有种赤霞珠吗？"懂得喝红酒的人谁不知道用以酿制波尔多左岸红酒的鼎鼎大名的赤霞珠呢？

我花园外的葡萄园属于罗纳河坡（Côtes du Rhône）红酒法定产区。赤霞珠不在罗纳河坡法定产区红酒所允许栽种的葡萄品种内，如果有人种了，以此酿制的红酒是不能称为罗纳河坡红酒的。

"赤霞珠只有在波尔多左岸才生长得特别好，这和波尔多温和的海洋性气候以及土壤关系密切。"许多酒鬼可以就酒庄这个话题说半天，不过，种葡萄和酿酒可是两种截然不同的职业。

"波尔多左岸的红酒以赤霞珠为主，配以梅洛酿制而成，搭配比例大约是2∶1。而木桐酒庄的红酒，赤霞珠所占的比例几乎高达90%。赤霞珠葡萄果实结实，小且皮厚，果皮中含有大量单宁和色素，因此用它酿制的红酒颜色深红，并且高含量的单宁让红酒可以久存而不变质，'越老越可爱'。"埃维可不是一般的饕餮！

"从天气来说，普罗旺斯比波尔多热，如果有比较适合的土壤，可能种在向北的斜坡会更好。"我也不肯示弱，"葡萄树以树龄至少十年以上为佳，因为有足够大而长的树根。葡萄园以有两米以上的沙砾为好，使赤霞珠的根能长到三米甚至六七米长，从而能从地下深处吸取水分和矿物质。我们刚经过的葡萄园沙砾很多，碱性黏土也不少，一下雨，黏土

就像海绵一样膨胀起来，和梅多克的葡萄园不太一样。"

"我给你带的木桐酒庄的副牌酒小木桐（Le Petit Mouton），就是木桐葡萄园用他们园内在较差的土地上生长或是太过年幼的葡萄树所结的葡萄酿制的。如此一来就能保证木桐红酒的品质。"

其实要保证品质，有许多必不可少的人为因素。在行政制度上，法国所有的葡萄酒法定产区对于亩产都有限制，而名酒庄如木桐者自会自律，以赤霞珠为例，一公顷产量最好控制在 4500 升内，若产量太高，赤霞珠就失去它的魅力了。

葡萄庄园

木桐也怕罗伯特·帕克

如果说埃维带来一瓶波亚克村的波尔多红酒是意料中事，他选了一瓶 2001 年酿制的木桐红酒就实在令我有点摸不着头脑了。

2001 年是波尔多酒不错的年份，木桐红酒也应有一级酒庄的品质，但罗伯特·帕克（Robert Parker, Jr.）的《葡萄酒倡导家》（*The Wine Advocate*）红酒评价杂志却只给了这款酒 89 分（满分为 100 分），可说是将它弹得一文不值。像埃维这样爱面子的家伙，今天拿它来跟我一起喝，难道不怕丢他的脸？

"我当然不会拿不好的红酒在你面前自讨无趣。"埃维似乎看透了我的疑惑，"远离喧嚣多年后你喜欢上喝新酒，可能已不太和朋友一起评酒、猜酒的年份了吧？我知道你对罗伯特·帕克的酒评嗤之以鼻，所以和你开个小玩笑。"

"由 86% 赤霞珠、12% 梅洛和 2% 品丽珠配制，2001 年的木桐红酒具有传统的黑加仑香味，却因过浓的单宁而口感生硬……"我从书架上取出罗伯特·帕克的法国红酒指南，翻到 494 页，念了起来。

其实我也大可以牙还牙，和埃维辩论一番——罗伯特·帕克这位鼎鼎大名的美国酒评家，可说是搭美国红酒市场快速增长的便车而开始闻名世界。事实上，他在欧洲大陆，尤其是在法国，对消费者并没有明显

的影响，却被美国及亚洲的红酒买家奉若神明，因此，对于注重红酒出口的法国酒庄来说，罗伯特·帕克算得上"一评定乾坤"，他的评分，几个百分点之差便能让酒庄一夜间供不应求，或相反，经营陷入困境。

"都是因为罗伯特·帕克对这款酒的评论欠佳，我才能在十年前买一箱便宜货存到今天。我可不会花 500 多欧元买一瓶酒，更不会像亚洲的富豪那样，为一瓶酒花费过万元人民币。也好，有了罗伯特·帕克的酒评，我们今天才喝上了木桐。"其实，普通的红酒若能获得罗伯特·帕克的 89 分，已属好酒，虽说需要拿到 90 分以上，对红酒的价格才有明显效应，但对木桐而言，这个分数却已相当难堪。

"在你们法国人看来，罗伯特·帕克这不知道从哪儿钻出来的牛仔，对法国红酒的品质说三道四，心中自然不是滋味。法国有许多杰出的酒评，但由于语言和法式曲高和寡等种种因素在全世界难有共鸣。亚洲市场比波尔多酒庄更崇尚做生意，在罗伯特·帕克一手遮天、翻云覆雨的情况下，出现了好酒一定要浓郁、樟木单宁味一定要重等怪象。"

罗伯特·帕克标榜自己为独立酒评家。三四十年前，美国红酒市场蹿升，当时的许多酒评确实受到酒商左右，也是情有可原的现象，而许多法国酒庄为了做生意，依照罗伯特·帕克的意见，实行低亩产以及用完全成熟的葡萄酿酒，也有一定的理由，只不过有矫枉过正之嫌。

"他提倡的'盲品'（blind tasting）现在很普遍，但我也不喜欢他认为红酒需要过滤的观点。"

"我对他的评酒 100 分制尤其反感……"

法国评酒多用 20 分制，富有主观色彩，像罗伯特·帕克那样在几秒钟内分得如此细致，有可能吗？真是见仁见智了——其实也是吹毛求疵。

大概埃维是对的。

"当今中国的红酒市场发展迅速，相信在不久的将来会成为全世界最大的红酒市场。中国文化底蕴深厚，产生的酒评家一定不会和罗伯特·帕克一样被高眼界的法国人视为不登大雅之堂……"仅两百年的历史，对于欧洲大陆文明而言确实肤浅了。

"就算有人说89分的酒评太过苛刻，可能会影响木桐红酒的价格，相信木桐酒庄的罗斯柴尔德男爵夫人也会一笑置之。"埃维带来的木桐2001年红酒是瓶好酒。

1855 年的波亚克一级酒庄

"幸亏我很少喝波尔多五大酒庄的红酒——波尔多五大酒庄之一拉菲酒庄的红酒价格简直令人难以置信，一瓶的价格都超过 1000 欧元了！"不过，对于埃维来说，即使自己不再买昂贵的红酒，在应酬中还是有碰上喝拉菲红酒的机会吧。

在 1855 年的波尔多左岸红酒评比中，有四个酒庄被评为一级酒庄，其中两个就在波亚克，乃拉菲酒庄和拉度酒庄是也。如今也属于一级酒庄的木桐，当时只被选为二级酒庄。是否一如将木桐酒庄打造成今日名满天下的酒庄的菲利普·罗斯柴尔德男爵所说，这是因为"沙文"的法兰西帝国不能接受波尔多的一级酒庄庄主是大英帝国的子民？

1855 年正值法兰西帝国在巴黎办世界博览会，拿破仑三世命令将驰名的波尔多酒分等级向游客展示。波尔多的酒商依当时酒庄的名声和各酒庄红酒的价格将酒分为五个等级。沧海桑田，一百多年后，原来酒庄的庄主和红酒品质早就面目全非，但说来也奇怪，1855 年对波尔多红酒等级的划分一直影响至今，历久不衰。

"如果连你都不喝名酒，还有谁肯花这个钱呀？"我有点挖苦埃维。

"先是大英帝国，接着是'二战'后的美国，国力和经济实力独步天下，制造了不少财富，在酒评家如罗伯特·帕克等的推动下，造就了波尔多名酒庄的繁荣。而现在，则是你们中国人送礼的习惯把拉菲红酒的价格推到了天上。"

"中国正处于急剧转变的时代，这种政经权力过于集中的局面将难以为继。我估计对拉菲红酒的需求会因中国的变化而逐渐下降，而全球经济也会出现结构性的阵痛，每年拉菲酒庄出产 20 多万瓶红酒，其中相当一部分属于投机性质，此类需求可能也将有所减少，你一定有机会以比较合适的价格重新收藏拉菲。"

"我家的酒窖里还有几瓶正宗的 1855 年波尔多一级酒庄的红酒。如果没有记错，是拉菲 2000 年的红酒。拉菲的酿酒师查理对我说，这年拉菲葡萄园赤霞珠的品质特别好，可是作为配角的梅洛却差强人意，所以红酒中的赤霞珠比例很高，在 90% 以上。后来才知道，罗伯特·帕克给了这款酒满分 100 分。两年前取出一瓶和一群朋友试了一下，大家都很满意，但也不同意罗伯特·帕克给出满分的分数。当时大家的平均评价是 18 分。"埃维说的 18 分当然是依法国传统 20 分制计算的，18 分只能算有一个好年份而已。

"那你还有拉度酒庄的红酒吗？"听埃维细数他家地窖的红酒，真美煞旁人也。

"90 年代初，法国奢侈消费品大亨皮诺（François-Henri Pinault）买下拉度酒庄，之后他花了不少钱翻新酿酒设备，将酿酒桶全部换为不锈钢材质，温度自动调节，非常现代化，出产的红酒品质又好又稳定。听说皮诺买拉度酒庄是因为他喜欢拉度红酒。我有好几箱不同年份的拉度，它的副牌酒拉度古堡（Les Forts de Latour）品质也已经很好，价格比买其他正牌划算。"碰上埃维，光是和他聊天就能学到不少红酒知识。

1855 年二级酒庄爱士图尔（Château Cos d' Estournel），古堡有东方色彩

1855 年波尔多酒庄分级

Premiers Crus	一级酒庄	Appellation 法定产区村名
Château Margaux	玛歌酒庄	Margaux
Château Lafite Rothschild	拉菲古堡	Pauillac
Château Latour	拉度酒庄	
Château Mouton Rothschild	木桐酒庄	
Château Haut-Brion	侯伯王酒庄	Pessac

Deuxièmes Crus	二级酒庄	Appellation 法定产区村名
Château Rauzan-Gassies	露仙歌庄园	Margaux
Château Rauzan-Ségla	豪庄·赛格拉酒庄	
Château Durfort-Vivens	杜霍庄园	
Château Lascombes	力士金酒庄	
Château Brane-Cantenac	布朗康田酒庄	
Château Pichon Longueville Baron	碧尚男爵堡	Pauillac
Château Pichon Longueville Comtesse de Lalande	碧尚女爵堡	
Château Cos d'Estournel	爱士图尔酒庄	Saint-Estèphe
Château Montrose	玫瑰庄园	
Château Léoville Las Cases	雄狮庄园	Saint-Julien
Château Léoville-Barton	雷欧维尔·巴顿酒庄	
Château Gruaud Larose	金玫瑰酒庄	
Château Léoville-Poyferré	乐夫波菲酒庄	
Château Ducru-Beaucaillou	宝嘉龙酒庄	

Troisièmes Crus	三级酒庄	Appellation 法定产区村名
Château La Lagune	朗丽湖酒庄	Haut-Médoc
Château Kirwan	麒麟酒庄	Margaux
Château Giscours	美人鱼庄园	
Château Malescot Saint-Exupéry	马利哥·圣艾斯佩利酒庄	
Château Boyd-Cantenac	贝卡塔纳酒庄	
Château Cantenac Brown	肯德布朗酒庄	
Château Palmer	宝马酒庄	
Château Desmirail	狄士美酒庄	
Château d'Issan	迪仙酒庄	
Château Ferrière	菲丽酒庄	
Château Marquis d'Alesme Becker	碧加侯爵酒庄	
Château Calon-Ségur	凯隆世家酒庄	Saint-Estèphe
Château Lagrange	拉格喜酒庄	Saint-Julien
Château Langoa Barton	朗歌·巴顿酒庄	

Quatrièmes Crus	四级酒庄	Appellation 法定产区村名
Château La Tour Carnet	拉度嘉利	Haut-Médoc
Château Pouget	宝爵酒庄	
Château Prieuré-Lichine	荔仙酒庄	Margaux
Château Marquis de Terme	玛赫酒庄	
Château Duhart-Milon	都夏美隆古堡	Pauillac
Château Lafon-Rochet	拉芳酒庄	Saint-Estèphe
Château Saint-Pierre	圣皮尔酒庄	
Château Talbot	大宝酒庄	Saint-Julien
Château Branaire-Ducru	班尼杜克酒庄	
Château Beychevelle	龙船酒庄	

Cinquièmes Crus	五级酒庄	Appellation 法定产区村名
Château Belgrave	百家富庄园	Haut-Médoc
Château de Camensac	卡门萨克酒庄	
Château Cantemerle	佳得美酒庄	
Château Dauzac	杜扎克酒庄	Margaux
Château du Tertre	杜特庄园	
Château Pontet-Canet	庞特卡奈酒庄	
Château Batailley	巴特利酒庄	
Château Haut-Batailley	奥巴特利酒庄	
Château Grand-Puy-Lacoste	拉古斯酒庄	
Château Grand-Puy-Ducasse	杜嘉酒庄	
Château Lynch-Bages	靓茨伯酒庄	Pauillac
Château Lynch-Moussas	靓茨摩酒庄	
Château d'Armailhac	达玛雅克酒庄	
Château Haut-Bages Libéral	奥巴里奇庄园	
Château Pédesclaux	百德诗歌酒庄	
Château Clerc Milon	奇勒美伦庄园	
Château Croizet-Bages	歌碧酒庄	
Château Cos Labory	柯斯拉柏丽庄园	Saint-Estèphe

法国靓茨伯、大宝等

　　"说起来，你们中国人把波尔多一级酒庄的红酒价格都炒疯了，也真是悠久的传统和古老的政治制度的结果。"埃维出自名门，过世的父亲是法国大使，哥哥自法国国家行政学院毕业后一直担任法国右翼政府的重要官员，一家人可说纵横法国政经界。

　　两年前，他趁去北京、上海之便途经香港，我恰好在港，乐做东道："如果不觉得不方便，就来我家住好了。"他为感谢我的盛意，嚷着要请我到置地广场的乔·卢布松餐厅（L'Atelier de Joel Robuchon）吃法国大餐。

　　当然，除了菜肴制作一流外，去卢布松的原因还在于它的酒牌称得上洋洋大观，名酒大年叹为观止，而且价格十分中肯。

　　"先让我看看香港卢布松的酒牌……"对于总店位于巴黎第七区，介乎法兰西国会和圣日耳曼知识分子、政界精英云集之地的卢布松而言，在香港荣获"米其林指南"三星，可谓"不是猛龙不过江"。在西餐厅吃饭，埋单时一般菜肴和酒水的价格各占一半，不过在星级餐馆就不一样了，红酒的消费很有可能是无底深洞。

　　"香港流行点哪些红酒？"将一百多页的酒牌翻了一遍，埃维已经胸有成竹。至于菜牌，与中餐馆看不完的菜式名单不同，一页纸就列明了所有海鲜和肉禽菜式，这是西餐星级餐馆重质不重量的最佳见证。

　　"香港社会讲求实用，喝红酒要价格适合，又要有相当名气，还得符合中国人对酒要浓郁的偏好。因此，对本地精英来说，波尔多左岸价格不太贵的五级名酒自然受欢迎……"

　　所谓波尔多左岸，指的就是梅多克地区，其中又分为梅多克和上梅多克（Haut-Médoc）。1855年分列的五级酒庄和五大一级酒庄都在上梅多克，而绝大部分的五级酒庄又分别位于上梅多克的四个村庄，这四个村庄是波亚克（Pauillac）、圣朱利安（Saint-Julien）、玛歌（Margaux）和圣埃斯泰夫（Saint-Estèphe）。

　　"还是先看看点什么主菜再看酒牌吧。"我有点儿想点小牛胰脏（Ris de Veau），配红酒的话最好是百分百佳美（Gamay）葡萄酿造的博若莱（Beaujolais）珍酿，不过价格和世界级名酒相差太远，自然无法登大雅之堂。

　　波亚克的五级酒庄靓茨伯、圣朱利安的四级酒庄大宝，还有玛歌的二级酒庄力士金在香港都颇受青睐。价格以靓茨伯最贵，可以说是二级酒庄的品质和价格。波亚克和圣朱利安两个村庄相邻，红酒味道同属强劲浓郁。而玛歌的红酒大致用一半赤霞珠一半梅洛进行配制，酒身当然比较柔和。靓茨伯和大宝，仅从它们在本地的名字，就能看出这两个酒庄的红酒在香港的受欢迎程度。

　　"你就点小牛胰脏吧。"埃维仿佛看穿了我似的，"红酒可以点一瓶你们香港人喜欢的2005年力士金，相信酒质一定圆滑，只用1350港币，真是'又平又靓'（广东话，形容价廉物美）呢。"

碧尚男爵堡（Château Pichon Longueville Baron）的19世纪古堡，古色古香

另类左岸波尔多

和中国传统高级餐馆的风格很不一样，置地广场的法国餐馆卢布松的厨房有部分是开放式的，年轻的厨师就在你面前准备和制作精致菜式。

"光是浏览这里的酒牌，已是一种享受。"埃维并非玩物丧志之人，去好餐馆喝好酒，是他与生俱来的一种生活方式。"上梅多克的一级酒庄之外，还有价格昂贵的玛歌宝马酒庄（Château Palmer），又醇又浓，分类为三级酒庄，却是一级酒庄的货色。"

继续往下看酒牌，有波尔多五大酒庄之一格拉夫地区（Graves）的侯伯王酒庄。

"看侯伯王红酒的酒瓶，会以为是某种杂牌酒，其实它是鲜有不用波尔多酒瓶的波尔多名酒。"酒庄的庄主也是罕见的美国人，金融世家狄龙（Dillon）家族，买下侯伯王酒庄的是肯尼迪总统执政时的美国驻法大使，喜爱红酒。据说直到他离开人世，酒庄仍未回本，现由他的子孙继承，不过管理权一直在法国人戴尔马（Delmas）父子手上。

所谓左岸波尔多红酒，似乎一般指的是波尔多西北方向的梅多克地区。其实，另一个红酒产地格拉夫地区也在左岸，位于波尔多城的东南，也即梅多克的上游。法语 Graves，沙砾也，因此格拉夫是一个少有的以其土壤命名的区域，从波尔多的城郊开始，沿加龙河左岸，最后一直到

产甜酒的苏泰尔纳。法菜鹅肝酱的爱好者也喜欢搭配以苏泰尔纳的金黄色甜酒。1855年葡萄酒分级体制中唯一的顶级甜酒酒庄——世界闻名的滴金酒庄（Château d'Yquem）——就在这里，其庄主正是路易·威登（Louis Vuitton）公司。

"以波亚克为中心的红酒，赤霞珠占至少三分之二的量。而玛歌和侯伯王红酒中赤霞珠和梅洛大约各占一半，阳刚之气稍敛，酒质较为圆滑，正适合我们点的主菜。"

红酒的价格可以说贴切反映了市场的力量。波尔多一级酒庄正牌酒的产量控制在每年二三十万瓶，其价格比一般的二、三级酒庄红酒要高数倍甚至十几倍，完全是挟一级红酒之名。整个波尔多也只有五家一级酒庄，而二级酒庄就竞争者众矣。

"你好好享受香港的红酒吧，在排场隆重的星级法国餐厅，要找到几款红酒中的后起之秀是多么困难。"这些另类的左岸波尔多红酒属于法定产区贝萨克-雷奥良（Pessac-Léognan），也即侯伯王一级酒庄的村酒。除了少数法国酒鬼，世间红酒爱好者能够道出其中名酒庄的，实在是寥寥可数。

入乡随俗饮玛歌

在法国，埃维和我买酒也好，在餐馆点酒也好，很少想到波尔多玛歌村（Margaux）的红酒。反而在香港时，我会入乡随俗顺大伙儿的意思点玛歌红酒，况且，香港西餐厅的侍酒师也会经常提议点玛歌红酒。可能是酒庄的营销做得好，毛利更高的缘故吧？否则，一瓶属三级酒庄的宝马酒庄红酒不可能卖到三五千港币，而今晚埃维叫的 2005 年二级酒庄力士金的价格却还不到 1500 港币。

"位列 1855 年分级体制中的酒庄红酒在国际市场名气很大，在法国反倒有点销声匿迹。这也难怪，在法国，喝红酒有点像中国人喝茶，总不可能餐餐喝名茶，喝酒也是同一道理。更何况，小酒庄的红酒品质不差，但在价格上却与名酒庄相距甚远。而且，小酒庄的红酒时有惊喜，不像名酒庄红酒，反觉得没什么可期待的。"

当然，到埃维家吃饭，可别期望他会开一瓶波尔多等级酒庄的红酒。朋友之间，用不着这套无聊的应酬，倒不如开一瓶便宜的好酒，让大家赞叹一下。

"平常很少想起喝玛歌村的红酒，总觉得玛歌村的红酒有点柔，不够硬朗。可能因为我比较喜欢赤霞珠含量高的波亚克村酒，而以波尔多红酒来说，也多买上梅多克红酒。没猜错的话，今晚喝的酒中梅洛的比

例应该比赤霞珠更高，配我叫的小牛胰脏正适合，而波亚克红酒就太厚了。"

"今晚的酒赤霞珠 52%、梅洛 45%。平常年份都是梅洛的比例比赤霞珠高。"侍酒师是一位年轻的法国小伙子，见我们用法语对话，忍不住凑上一句。

"听说力士金被美国的一个基金买下了，现在是米歇尔·罗兰（Michel Rolland）做酿酒咨询……"

"那是十年前的事了。两年前，这个美国基金已把酒庄卖给了一家法国保险公司。"好一个侍酒师！

"可以想象，有米歇尔·罗兰，就一定有罗伯特·帕克的好酒评。酒庄肯定卖了个好价钱。"

"你真是三句不离本行！在今天，二级酒庄红酒的价格都比三级酒庄宝马的价格便宜许多。也许，十年前它经营不善，红酒品质不好，而美国基金见猎心喜，重整酒庄，提高了酒评分数，然后以高价推向市场。你说得对，确实卖了个好价钱。而买家也是看中了以今天酒庄红酒的价格，将来仍有很高的调价潜力。如果红酒价格追上宝马酒庄，那销售额可能增加一倍。都是边际利润呢！"说到赚钱，我也心动了。

说起来，酒庄的利润可是天文数字。高科技公司如苹果，利润高达销售额的百分之五十多至六十。高吗？不如波尔多木桐酒庄高，木桐酒庄的利润是它销售额的百分之八十！当然，谁都比不上罗斯柴尔德男爵夫人的福气——木桐红酒比普通的波亚克村酒还要贵上十几二十倍。

"今晚我们就喝罗伯特·帕克的红酒……"埃维开玩笑说。

盲人摸象的"盲品"

　　和埃维异地见面，少不了闲话家常一番。卢布松餐馆的年轻侍酒师见埃维一说到红酒便如数家珍，又或许平时餐馆顾客说法语的也不常见吧，他对我俩可说是殷勤有加。

　　"昨晚有顾客点了一瓶酒没喝完就离开了，我给你们斟一杯，猜猜是什么红酒？"

　　埃维看起来兴致勃勃，要小试牛刀了："现在餐馆里的客人也不多了，我就算猜错出了洋相，也只有天知地知你知我知。"当然还有这位侍酒师知，不过，在香港工作的法国小伙子，可能过几个月就走了。转瞬间，盛了三分之一杯的无名红酒已经放在了餐桌上。

　　"酒的颜色酱红而又有棕色的色调……相信是至少十年的陈酒。"埃维把酒杯放在灯光前倾斜大约45度，晃了晃，仔细看了看，自言自语道。在夜晚要看准色调非常考验功夫。我琢磨着：那位客人在这家餐馆没有喝完酒就离开，很可能是喜欢这里清静的环境，适合谈生意，如此一来，喝陈年红酒的概率很高。埃维可真有眼光！在微暗的灯光下就能看出酒体的厚度，从而猜出是非常浓郁的红酒……

　　"酒香充满活力，有红果樱桃和覆盆子的香味……应该是以赤霞珠为主酿制的红酒吧？"我几乎要判断是波亚克名酒庄的红酒了。不过当

一个人最有信心的时候，就会栽跟头。在"盲品"（blind tasting）这事儿上不知道有多少自称品酒大师的人变成鼻涕虫。其实，很多时候"盲品"来来去去都是些大家朗朗上口的酒庄红酒，不过，对于我这样很早就开始喜欢喝新酒的人来说，算得上是一个考验。

埃维集中精神，在桌子上摇动着酒杯，深嗅了一下杯中的红酒，似乎在思考些什么……然后，他在口腔中将红酒和吸入的空气结合在一起。而我则感到十分纳闷——用嘴品尝这款酒之后，我反而愈发迷惑了。在"盲品"中实在碰了太多的钉子，以至于每次遇到这种场合，我都有盲人摸象的感觉。

"看来不是波亚克名酒庄的红酒。浓烈的单宁口感，但又有女性的柔和，和波亚克名酒的阳刚之美不同。"埃维先肯定，再否定，再肯定，然后又否定，转瞬间他心目中的酒庄名字就呼之欲出了。

哪家波尔多左岸名酒庄的红酒，会用赤霞珠为主再配以梅洛，却又像埃维说的那样，不是波亚克名酒庄的红酒呢？想到自己品尝红酒的经历远远比不上埃维，我不禁感到十分无助。

"我想我找到了。是2000年玛歌村宝马酒庄的红酒。波亚克名酒庄单宁浓，但不会有这款红酒的柔和感。我有一次在朋友家喝过这款红酒，朋友说很特别，因为2000年宝马红酒的赤霞珠含量超过了梅洛，而平常是赤霞珠和梅洛各占一半。"

侍酒师笑而不答。显然，埃维没有错。

我真有点儿生自己的气：两年前，一个在投行做交易员的年轻朋友在他位于罗便臣道家的花园开猜酒会，其中就有这款酒。那一次，我就把宝马错猜成了波亚克。唉，历史竟然会重演！

法国普罗家常酒

　　埃维在米其林星级餐馆卢布松猜酒旗开得胜，翌日早餐后就要我带路去看看香港的酒窖。

　　"在法国吃一顿饭却不喝红酒，就好像在香港上茶餐厅不叫奶茶一样。然而，世界在不停变化，多年来法国红酒内销一直在下降，红酒生意不景气，不过有名气的红酒仍然势头强劲。真是冰火两重天。"我在普罗旺斯的邻居兼好友玛婷的丈夫丹尼是种葡萄的，我花园外的葡萄园就是玛婷父母留给她的，加上她丈夫丹尼家的葡萄园总共10多公顷，一共有百多棵橄榄树和果树，但多年来生活仍相当清贫。

　　"这叫行行出状元。"埃维是百分百的自由市场主义者，认为只有通过竞争，社会才有进步和幸福。"并非只有名酒庄才能做出好红酒，只是名酒庄更会推销。营销得当，生意好，自然赚钱，红酒品质也更能得到保证。"

　　"法国酒庄在波尔多也好，在普罗旺斯也好，真是十步一阁，竞争激烈。一个几十公顷的小酒庄既要种葡萄，又要酿酒，又要卖酒，简直得变成孙悟空，十八般武艺样样精通。一瓶普通红酒在法国超市花 3 欧元就可以买到，酒庄拿到的利润是多少就天晓得了，你说品质会好到哪里去？听说超市的销售额占了整个红酒市场的百分之八十之多——这也

是正常的，法国一般的家庭都住在大巴黎或小城市，去超市买东西成为了习惯，一星期去一趟超市，吃的喝的用的一次买齐，和亚洲人将逛商场作为一种生活方式差异很大，况且，在法国特别讲究红酒的也只是少数人而已。"

"我会直接让一些熟悉的酒庄邮寄酒来。新酒比较便宜。然后在家中地窖至少存上五六年……"

"所以我喜欢你邀请我到你家吃饭。除了好菜，还有好酒喝。尤其是喝到自己不认识的酒庄的好酒，实在惊喜。"在特别的场合喝上名酒固然感到东家盛意，但意外的惊喜才是人生快事。"现在在超市也可以找到名酒庄的红酒了，不一定是大年的酒，选择也不多，但价格真的比红酒专卖店要低不少。"

"你在普罗旺斯是怎样买红酒的？"

"如果没有特别的朋友来吃饭，有时候会去附近的酒庄打散酒。但散酒的品质经常比瓶装酒差。小酒庄一般会把好酒入瓶卖个好价格。你可能不相信，在超市经常会碰上自己附近认识的酒庄的红酒，价格竟然比我直接在酒庄买便宜很多！你可以想象超市的议价能力有多厉害。"

埃维当然不以为然，他是从来不去超市买东西的，更不要说去买红酒了。近年来，法国普罗大众的家常红酒品质提高了不少，如果不需往脸上贴金，有些小酒庄的红酒口感确实令人惊讶。当然，得花时间找了。

迷失在香港的家常红酒

"就说在法国，虽然近年来红酒消费下降了不少，但仍可说是餐餐有红酒，红酒文化深入血液。不过，普罗大众对红酒品质和酒庄体系并没有太多有系统的认识，哪家酒庄的红酒好，多靠口耳相传。"埃维就是一本活生生的红酒指南。

"多年来，除了每年的巴黎以及地区性红酒展览会，超市组织的红酒促销活动对红酒文化的深入推广也有很直接的影响。而在香港，大多数人对红酒仍没有接触，多年前，只有社会精英喝红酒，喝的也多是名酒庄的红酒，红酒市场很小。另一个负面因素在于，烟酒税把家常红酒的价格推到了一般中产阶级也负担不起的价位。"

"听你说，关税不是取消了吗？"正因如此，埃维还记得带了两瓶红酒给我呢。

一边聊着，已经到了中环的 IFC（国际金融中心）。

"这里有一家超市，叫 City Super（城市超市）。这是超市中的 LV（路易·威登）。"我开玩笑道，"一份沙拉 5 欧元，一公斤肉眼牛排 100 欧元，大约是法国的五倍，可是生意还相当不错。不过奇怪得很，这里面有一间酒窖，所卖的法国名酒庄红酒自然也很贵，但有时候会出现一些在香港不太为人所知的法国酒庄的好酒，价格和在法国相差不远。这倒真得懂一点法国红酒才行。"

"听说香港有很多富豪,而中国内地也有不少有钱人在香港做生意,名酒庄的红酒有市场可以理解。但是,香港作为国际金融大都会,有不少在英美受过教育,或是受西方文化影响的中产阶级,他们应该是红酒的潜在消费者吧?那为什么但凡过得去的法国红酒价格还都定得这么高呢?"埃维看见酒窖中的红酒来自世界各地:美国、澳大利亚、意大利……法国红酒算是占了显著位置。

"可能有几个原因。首先,法国的小酒庄没有能力把红酒直销到香港,必须通过中间酒商,增加了成本。直销的话,量太少运输费就高昂,在物流管理上无法和美国或澳大利亚的大酒庄相提并论,在供应上又经常无法满足生意兴旺时的需求,很难有香港进口商的管理存货的弹性。"像我这样曾经做进出口小生意的人,自然而然便扯上经营生意的细节。

其实,吃中式菜肴想配红酒,算得上困难重重。首先要放弃红酒配菜这个讲究,因为中国人吃饭不止一道菜,请人吃饭则更是有鱼有肉,如果效法有配酒菜习惯的法国家庭,就得又有干红又有干白(le vin blanc),那这顿饭便不是家常饭了——家常的红酒就要港币五六百元,香港的中产一般不愿花这笔钱。

"在香港是找不到几瓶低于 20 欧元又过得去的红酒的。"

"便宜的有,不过要去普通超市买,像百佳超市,一瓶红酒几十块港币就可以买到。不过最好还是别试,否则连对红酒的观感都变质了,倒不如喝可乐算了,便宜得多。"

通过互联网,酿制出好红酒的小酒庄将有更多渠道把产品以合理的价格呈现在顾客面前,让顾客能更方便地找到价格相宜的高品质红酒,避免付出太多的中介费用。这样的日子应该不会太遥远吧?

存放红酒的橡木桶

一瓶物有所值的波美侯

　　埃维到我家时正是香港华灯初上时分，窗外的维多利亚港尽展妩媚，妖艳绝伦。

　　"听你说香港取消了红酒关税，我特别从地窖找了两瓶红酒带来给你尝尝。"听他滔滔不绝，我哪里还有开口的机会？

　　"你带了什么红酒过来？香港什么名牌红酒都有，用不着这么麻烦，我就怕上飞机带红酒，一不小心瓶碎了，衣服都要报销。"说真的，香港市面上的名牌酒真是洋洋大观，但如果要喝价廉物美、让人惊喜的红酒却叫人挠头了。

　　"你不是说，香港市面的红酒多为名牌，而且，若一款酒没有获得我们亲爱的罗伯特·帕克先生的好评，那就更要打着灯笼去找了？"埃维说话就会挖苦人。在他心中，像罗伯特·帕克这样的乡下老粗竟然指点全球红酒市场，因而颇有些忿忿不平，居然还牵连到了我。

　　"70年代以来，美国红酒消费强劲，罗伯特·帕克是美国人，是唯一用英语详细写过几本法国酒庄酒评的评论家。如今是一个英语世界，有多少人看得懂法语的酒评呢？你看不起他身为美国牛仔却喜欢浓郁、橡木味又过重的红酒，但他确实影响了英美和亚洲的红酒市场。波尔多的一些名牌酒庄也不得不改变酿酒方法，以获得他的酒评青睐。不要说

我附庸风雅，许多场合我请客也不得不开他评分高的红酒。这样一来客人会觉得我看得起他们，我自己喜不喜欢倒在其次。是请客嘛，又不是请自己。"

"猜猜我会带什么样的红酒？"一听埃维这么说，红酒产区的范围就缩小了。

"听其言可知其心。你不会带勃艮第红酒，那么很有可能是波尔多红酒。又听你法兰西民族自豪的口气，我估计……其中一瓶是波尔多右岸波美侯村的红酒吧？"

埃维从行李中拿出了一瓶 2006 年宝丽嘉酒庄（Château Bellegrave）的酒。波尔多五大酒庄都位于吉伦特河和加龙河左岸，位于波美侯村的宝丽嘉酒庄则在吉伦特河和多尔多涅河的右岸，为波尔多右岸红酒。

"我相信，这款红酒既然罗伯特·帕克没有给很高的酒评，在香港可能就找不到了。"如果说，波尔多左岸的红酒闻名遐迩是因为 1855 年巴黎世博会评出的五大酒庄，那么波尔多整个地区的红酒之所以为爱酒之人津津乐道，则是因为右岸波美侯的宝丽嘉酒庄虽没有左岸的 19 世纪风格，平静的农舍却另有一番风味。这里的葡萄园以梅洛为主，加以少许的品丽珠，赤霞珠则可有可无。

"记得不一定准确，2007 年买时好像是 20 多欧元。以这瓶酒的品质，如果经帕克吹捧一番，酒庄的庄主就可以新造一座 21 世纪的古堡酒庄了。"埃维还在挖苦。宝丽嘉酒庄其实只有 10 公顷葡萄园，和左岸五大酒庄七八十公顷的葡萄园相比，可以说小得可怜。尤其不要将它和波亚克同名同姓的酒庄混淆了。

中产的波美侯

波尔多左岸的葡萄园，位于波尔多城西北的是梅多克，绝大部分的名酒庄都在此。除了入选 1855 年五个等级的名酒庄之外，其下还有 1930 年初评、1972 年重评的"梅多克中级名庄"（Crus Bourgeois）322 家，他们的产量差不多占了梅多克总产量 4000 万瓶的一半。

右岸的波美侯却是一个例外，其生产的红酒没有进行任何评比。原因也很容易理解——梅多克葡萄园有 5000 公顷，波美侯法定产区却不到 800 公顷，产量只有 500 万瓶左右，而且大都属于鼎鼎大名的名酒，酒庄的名字比波亚克的四家一级酒庄更响亮。波尔多红酒价格最贵的柏翠（Château Pétrus）就是这小村庄的葡萄园酿制的。

"你不是要带我去一家传统的广东烧鸭店吃饭吗？"埃维在还没到香港之前，就已食指大动，一早向我打听要吃本地菜。

"我们就带这瓶波美侯去喝好了。"

"这些传统的小店午饭人山人海，我们可以先去屈臣氏酒窖转个圈儿，等到两点再吃饭，顺便买支红酒带去喝。"

香港屈臣氏酒窖，在金钟的太古广场和铜锣湾的利园都有分店，很方便。只可惜价格便宜的红酒不多。

"澳大利亚和美国的名酒也不少，不过还是以法国红酒为主。"仿佛

法国红酒在呼唤着埃维似的，他很自然地就走到了配有空调、存放名贵红酒的橱窗。"听说柏翠在香港卖得很火，是吗？"

说起柏翠酒庄，就是一幢法国普通农舍，和左岸的那些 18、19 世纪的古堡酒庄不一样，这也是波美侯酒庄的特色。"柏翠葡萄园不到 12 公顷，每年产酒不到 3 万瓶。自从柏翠成为美国总统肯尼迪以及英国女王伊丽莎白二世婚礼用酒后，光是英美的销量肯定就不少，香港又能分到多少瓶呢？何况香港红酒的价格远远比内地便宜，内地来香港买红酒送礼的一定不少。"

物以稀为贵。除了柏翠，还有像里鹏（Le Pin）这样的车房酒，声名远播，买回去送礼足以讨喜。"一瓶酒比一个普通职员的月薪还高。"

里鹏酒庄位于波美侯的葡萄园只不过 2 公顷，价格和柏翠平起平坐，年产量只有几千瓶。2005 年份的红酒在法国的价格就达 2500 欧元，如今已是十年之后，且不说价钱，买不买得到都是个问题呢。

"刚好这里有拉朗德波美侯的红酒，是博哈特美人酒庄（Château La Fleur de Bouard）2010 年酿制的，价格不到港币 400 元。我就买这瓶酒，一起到蛇王二喝吧。"拉朗德波美侯是波美侯村北边大约 1000 公顷的法定产区。我曾开玩笑称其为中产的波美侯。波美侯村的红酒有王者风范的柏翠、车房酒里鹏，还有其他价格不菲的红酒，即便是高薪阶层可能仍然难以承受。如果一定非要波美侯红酒招呼朋友不可，可以考虑买"中产的波美侯"以达鱼目混珠之效，两者价格相差甚远。

"差不多是用百分百的梅洛酿制的吧，新酒也不会味涩，配烧鸭应该合适。"

好酒的根源

在屈臣氏酒窖看酒，真有点羡煞埃维也。

"你们香港人真幸福，可以随时买到这么多陈年好酒，在法国就不行，得自己在家中地窖存放。"

"香港天气这么热，怎么存呀？何况又是一个寸金尺土的地方，有钱的中产也没有能力存上几百支红酒。"喜欢喝红酒的人如果一年消费一百瓶，而每瓶红酒都要存上十几年，那家里的酒窖中没有两千瓶也有一千瓶了。把温度保持在 12 摄氏度恒温的话，一年在香港要花费多少电费？这笔账已经够吓坏许多人，更何况还需要一个房间来收藏呢？在法国买红酒好像买矿泉水，只有极少数人如埃维者家中有酒窖。酿酒技术、环境的改善，令新酒入口已经相当醇正了。"名酒在香港价格不菲，租金和电费都包在里面了吧。"

当我们步行到铜锣湾的蛇王二，已经过了两点钟，店中的人群已经鸟散，正是吃午饭喝红酒的好时间。

"伙计，请给我切一碟鸭胸、一小碟润肠拼叉烧、蚝油生菜和芥蓝。"不同民族，肉的吃法差异很大。广东人喜欢吃鸭脾，在法国吃鸭子则主要吃鸭胸，以半熟的鸭胸最令人喜爱。

"我觉得有点奇怪，为什么在波尔多右岸的酒中，你会对波美侯的

酒有偏好？"

"是有点偏见。波尔多右岸最好的酒集中在波美侯和圣埃美隆两个相连的村庄。波美侯只有 1000 公顷葡萄园，品质自然比较平均。至于圣埃美隆，葡萄园面积较之波美侯五倍有多，产区的红酒品质参差不齐。另外还有一个深层次的差异——波美侯和圣埃美隆的土壤很不一样，因此心理上总觉得波美侯的葡萄比圣埃美隆的好。还有第三个理由……"

"为什么波美侯的葡萄更好？"

"波美侯的土壤非常黏，深达 1 米。这种黏土碰上下雨就会涨得鼓鼓的，泥土表面的葡萄的根都挤死了，所以葡萄树的根只好往深处发展。由于黏土容易涨，夏季的大雨很难浸入泥土，所以波美侯的葡萄从来不会有太多水分，口感很好。至于在圣埃美隆，那里的葡萄藤的根大约伸到土中只有半米就横向展开，因为再下去就是难以穿越、非常结实的石灰岩。不过在干旱的时候，石灰岩中的水分会通过毛细管作用湿润上面的干土，而在大雨的季节，石灰岩又会吸收多余的水，因此葡萄也不会有太多的水分，但是它吸收的矿物质等，似乎就比不上根生得深的葡萄藤了。"

"真是理论一大套，今晚一定改变你的偏见！"埃维不是一个吟诗作对的家伙，对于他来说，一切都是在实践中得到验证。

圣埃美隆

右岸的另类名酒庄

　　世事之巧有时真是连上帝也叹其奇妙。带埃维上铜锣湾蛇王二吃午饭，为了避开人龙，先去屈臣氏溜达，看到一瓶合心意的波尔多右岸红酒，价格也不太贵，就买了，想不到跟埃维带来的第二瓶红酒的酒庄庄主竟是同一个人。

　　"昨天已经叫外佣买了美国安格斯牛排，相信你带来的第二瓶红酒还是波尔多红酒吧？"埃维是个爱面子的人，第一瓶可说是普通的红酒，那么压轴戏必定是名酒无疑。

　　"我也不跟你玩捉迷藏了，是圣埃美隆的金钟酒庄（Château Angélus）。平时难得见你喝圣埃美隆的红酒，所以从我的地下酒窖取了一瓶 2001 年的。我认识金钟酒庄的酿酒师，他说这年的红酒每公顷产 3000 升，用 60% 的梅洛和 40% 的品丽珠在差不多全新的橡木桶中酿制。我买的时候尝过这酒，黑红色，用鼻子闻感觉酒非常浓厚，有黑加仑、甘草味和木香，今天喝，你会喜欢。"埃维似乎担心我会嫌他带来的第一瓶波美侯宝丽嘉酒庄的红酒价格太低，于是滔滔不绝地为金钟酒庄的红酒做介绍。

　　埃维当时还不知道，金钟酒庄在 2012 年圣埃美隆法定产区的红酒评比中，与同区的顶级酒庄欧颂、白马（Château Cheval Blanc）和柏菲（Château

Pavie）一同荣升圣埃美隆的四大顶级酒庄。而他经常拿来取笑的美国评酒家罗伯特·帕克和法国酿酒师米歇尔·罗兰——在他眼中是一对一唱一和的活宝贝——中的米歇尔·罗兰，现在就是金钟酒庄的酿酒顾问。

1855 年的巴黎世博会评定了波尔多左岸梅多克和格拉夫地区红酒的排名，因而有左岸的四大一级名酒庄。然而，1855 年的评比成为终身的殊荣，除了 1973 年特别把木桐酒庄从二级酒庄提升到一级，因而有了今天的左岸五大一级酒庄外，此后再没有重新评比，以致当年五级酒庄中的红酒品质相当参差。波尔多右岸名酒当年没有评比。最有名的产区波美侯，至今也不觉得有官方排名的必要，反而圣埃美隆终于在左岸红酒分级的一百年之后，也就是 1955 年开始分级。但和左岸不同，圣埃美隆法定产区的红酒排名大约每十年就重新排位，这对于酒庄和酒鬼来说都是件好事。

大部分波尔多右岸的红酒都以梅洛酿制为主，配以少量的品丽珠和赤霞珠。赤霞珠是晚熟的品种，在较北的右岸葡萄成熟有一定困难；早熟的梅洛受到青睐是大自然的主意。和一般普通的右岸红酒不同，圣埃美隆的四大顶级酒庄中的欧颂、白马和金钟酒庄的葡萄配比中，梅洛和品丽珠各占一半，许多时候品丽珠还略占上风。所以如果有机会尝到右岸顶级酒庄的红酒的话，其风味可能会和普通的圣埃美隆红酒大相径庭。

"那可要谢谢你了，让你破费。"一瓶金钟酒庄的陈酒，就算是在法国，不花上三四百欧元也是买不到的。

"我是十年前买的，你不会把欧元喝进肚子里的。"埃维笑着说。

酿酒的橡木桶

论罗伯特·帕克舌战杰西丝

2012 年，在波尔多圣埃美隆红酒十年一次的重新评比中，金钟酒庄和柏菲酒庄从顶级乙级酒庄（Premiers Grands Crus Classés B）荣升圣埃美隆顶级甲级酒庄（Premiers Grands Crus Classés A）。

"真得感谢你带来金钟酒庄 2001 年的红酒。我很久没买圣埃美隆的红酒了，原本就对梅洛酿制的红酒有些偏见，加上近年来不少有名气的酒庄请米歇尔·罗兰担任酿酒顾问，从此各酒庄的红酒可真有点千篇一律。"

"这就叫帕克化（Parkérisation）！过分成熟的葡萄酿造出来的红酒，在口中会有发呆的感觉，又有过分的浓缩和过分浓重的橡木桶味道，这就是帕克这老粗喜欢的。他和罗兰一唱一和，牵着许多波尔多右岸酒庄的鼻子走。"埃维一想到帕克在美国和亚洲红酒市场的绝对影响，心中就有气。

"波尔多红酒的最大市场是中国。中国人最好面子，请客要上得厅堂。我就有朋友把买红酒作为一种投资，酒本身好不好不重要，最重要的是帕克曾给过高分。所以你也别生帕克的气，美国人最讲究实利和做生意营销，他的法国红酒指南也不是写给你这样的法国人看的。"在法国确实有不少红酒指南和月刊，但全世界又有多少人懂法语呢？

红酒的春季预售会

"别说帕克影响亚洲红酒市场了,通过和罗兰的默契,有不少波尔多右岸的酒庄请罗兰做酿酒顾问,就是想获得帕克的高分。"我心想,这不是很自然吗?在商言商,对酒庄来说,最重要的是把红酒卖出去,卖个好价钱。

　　2004年,围绕圣埃美隆的柏菲酒庄2003年红酒,就曾经有过一场口水战,是罗伯特·帕克大战英国有名的酒评家杰西丝·罗宾逊(Jancis Robinson)。

　　杰西丝:"这是什么荒唐可笑的红酒?一闻就是过熟葡萄的味道,像晚摘的金粉黛(Zinfandel,美国葡萄品种),葡萄牙波特酒(Port,又译砵酒)的甜味,哪里有一瓶波尔多红酒的青椒气?"用欧洲通用的20分制,杰西丝只打了可怜的12分。

　　罗伯特·帕克:"杰西丝说是盲品,我不相信,她对柏菲的红酒有成见。她是波尔多顽固派的代言人。"

　　"最现成的例子,就是柏菲酒庄。自从1998年有自大狂倾向的柏尔斯(Gérard Perse)买下了柏菲酒庄,就邀请了罗伯特·帕克和米歇尔·罗兰做顾问,罗伯特·帕克的好评自然接踵而至,年年如是。自此,柏菲红酒身上失去了不少波尔多右岸红酒传统的平衡、优雅与柔和的口感。"埃维对于波尔多波美侯和圣埃美隆的酒可以如数家珍娓娓道来,"柏菲红酒由60%的梅洛、30%的品丽珠和10%的赤霞珠配酿而成,每公顷只生产不到4000瓶酒,非常浓郁,酒精度高……"

　　大约这就是杰西丝的感受吧。柏菲庄主柏尔斯原本不是种葡萄酿酒的,开超市赚了钱,就转移投资来到波尔多右岸,买下好几个酒庄。光是夜晚把酒庄用灯光打得闪亮就引来当地人不少闲话。那么请来罗伯

特·帕克和罗兰把右岸红酒改变成新大陆红酒的特色，也不一定是东施效颦吧？在商言商，出奇制胜嘛！

　　"柏尔斯这家伙，把我喝红酒的兴致都赶走了。"埃维继续抗议。这是一个行销的世界，难道红酒能是一个例外吗？罗伯特·帕克和杰西丝对骂完，现在不又拥抱在一起了吗？

花尾龙虿两海间

有外国朋友来香港，如果不请他去离岛吃家常海鲜，就仿佛没有做好东道主一般。南丫岛已经变得太过洋化，所以我现在喜欢去长洲，有些人觉得那儿有点儿像大排档，招呼外国朋友有点儿不成敬意，却不知越是异国风情，外国人越觉得有意思。

"去长洲吃海鲜，那儿的餐馆能有过得去的干白吗？"一提起吃，埃维第一件事就是问有没有好酒。所谓牡丹虽好，若无绿叶扶持，那该多扫兴呀。

"一般都是非常普通的单品种霞多丽干白。大英帝国的官员为香港带来了喝波尔多红酒的传统，但不知为何，带来的干白却是勃艮第的霞多丽。光是叫干白就说要霞多丽，就可以知道霞多丽在香港多么受欢迎。至于配广东式的海鲜，我却更喜欢以长相思（Sauvignon Blanc）酿制的干白。"

"虎哥，今天有什么野生的海鲜？"在长洲码头右边的海傍，海鲜小店林立。我避开了超市式的大餐馆，在一间我熟识的不起眼的小馆子坐下来。

"刚有新鲜的花尾龙虿，可以炒球。"虎哥知道我很少跑到长洲海傍街市自己去买海鲜。"你还有好几瓶干白存在我这里呢。"

"那就给我炒一碟龙趸芹菜好了。如果有上好的大虾，蒜蓉蒸，两只够了。正是梭子蟹的季节吧？把蟹斩成小块加饭清蒸。最后再给我上一碟辣椒炒花甲，记得和厨房打个招呼，刚熟才好。"如果正是季节，蟹是我的至爱，配上用长相思酿制的上好干白，大快朵颐也。

埃维知道我贵精不贵多，只尝味道不看价格，所以也就让我指挥了，不过心中还是惦着到底喝什么酒呢。

"你一定想不到，是波尔多'两海之间'（Entre-Deux-Mers）法定产区的干白。波尔多干红驰名天下，干白却少有人知，世界真是无奇不有。主要的葡萄品种是长相思配少许赛美蓉（Sémillon），'两海之间'就在两条河交汇的三角处，故名。法国勃艮第附近的卢瓦尔河就有很出名的以百分百长相思酿制而成的干白，你一定经常喝，不过价格比'两海之间'干白贵两三倍。有一次我偶然从一家卖红酒的小店经过，看见雷斯特里酒庄（Château Lestrille）的干白，正大减价。我把十几瓶全部买下了，还存了几瓶在这家小餐馆。"

花尾龙趸在地中海也有，不过广东的清炒芹菜使埃维赞不绝口，更不要说最后上桌的辣椒花甲，又嫩又提味，而有点青草和香瓜味的波尔多"两海之间"干白，它的矿物质结构让人气畅口爽。

"你们中国真是一个吃的伟大民族……"埃维五体投地。

"你们法兰西也有波尔多的红酒呢！"就这样互相抬举、互相欣赏，来增进不同民族间的融洽吧！

勃艮第
Bourgogne

夏布利 Chablis

夜丘 Côte de Nuits
- 热夫雷-香贝丹 Gevrey-Chambertin
- 莫雷-圣丹尼 Morey-Saint-Denis
- 香波-慕西尼 Chambolle-Musigny
- 武若 Vougeot
- 沃恩-罗曼尼 Vosne-Romanée
- 夜圣乔治 Nuit-Saint-Georges

博恩丘 Côte de Beaune
- 默尔索 Meursault
- 普里尼-蒙哈榭 Puligny-Montrachet

金丘 Côte d'Or

夏隆内丘
Côte Chalonnaise

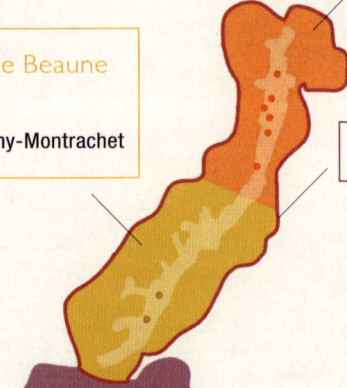

马贡
Mâconnais

博若莱
Beaujolais

巴黎 Paris

法国
FRANCE

勃艮第
Bourgogne

勃艮第的葡萄品种

黑皮诺

1. 黑皮诺（Pinot Noir）

中等单宁度，酒体呈宝石红，发亮，劲力柔和。红果（樱桃、覆盆子、草莓）的香味令人惊叹，口感细腻如丝。储藏数年后，酒香充满黑松露和深秋野外树林的气味。基本从不用来与其他品种配酿。喜凉爽气候，果实皮薄，慢熟。

霞多丽

2. 霞多丽（Chardonnay）

充满花香、果香。气温更低的产区如夏布利（Chablis）的酒更显明快、具矿物质感。因不同风土和酿酒工艺而变化多端，但普遍有柠檬、槐花和黄油的气息。勃艮第的霞多丽有柠檬、苹果、梨和黄油的香味。

佳美

3. 佳美（Gamay）

其实勃艮第腹地的红酒都是单一的黑皮诺，只有在勃艮第南面的博若莱（Beaujolais）的名为 passe-tout-grains（混合葡萄）的葡萄酒才可以用佳美酿造。佳美的代名词就是红果味的红酒。清新，柔软，单宁低，所以特别容易入口。虽然如此，博若莱的村酒不乏有令人刮目相看的好酒。

勃艮第的风土

　　勃艮第的葡萄园相当分散。最北的夏布利只产干白，距离生产著名勃艮第红酒的夜丘，超过 150 公里。提到勃艮第，一般都把注意力集中在金丘（Côte d'Or）的夜丘（Côte de Nuits）和博恩丘（Côte de Beaune）上，其实还有南面的夏隆内丘（Côte Chalonnaise）和更往南的博若莱。博若莱红酒不用黑皮诺酿造，酿酒的工艺独特，因其土壤的性质非常多样化——地壳大运动时，海洋沉淀的石灰和泥灰岩崩塌堆积多时，在山麓平原和污泥混合，雨水在碎石中容易渗透，黏土可以保持水分。但在勃艮第高纬度地区，只有在南边或东南、西南的山坡上的葡萄才有机会熟透，山坡的高处和山脚平原则难以预测。

　　由于半大陆气候的寒温，勃艮第年降水量约 730 毫米。勃艮第葡萄园的微气候（micro climat）十分重要。2、3 月是旱季，5、6 月降水量最大，若葡萄发芽时雨水过多，开花可能会受到影响，而开花的顺利与否决定了收成的好坏。葡萄 4 月发芽，5 月依然会有春霜，有时寒冬的温度骤降至零下 15 摄氏度，葡萄藤便有可能过不了冬。

时间里的勃艮第红酒

　　勃艮第红酒和当地天主教的僧院与修道院是分不开的。虽说公元 4 世纪，金丘便记载有第一次的葡萄种植，但一直要等到 12 世纪，西部修道院的僧人才在修道院周围开始种植葡萄，酿酒以供办弥撒之用，而当地红酒的名声，也从此传进了勃艮第公爵的宫廷。14 世纪初，博恩丘的红酒开始深受贵族喜爱。为了保证红酒的质量，勃艮第公爵菲利普·勒阿地（ Philippe le Hardi ）于 1395 年下令只准种植黑皮诺。17 世纪，兴起的资本家从西部修道院手中收购葡萄园。18 世纪正值路易十四盛世，在博恩丘出现酒商，如布夏尔（ Bouchard ）、尚皮（ Champy ）等，这些酒商现在依然存在。世界上最贵的红酒罗曼尼·康帝（ Romanée Conti ），就是由 1760 年被康帝亲王所收购的罗曼尼葡萄园重新命名而来。法国大革命期间，教会和贵族的产业被拍卖。1855 年，名酒（ Cru ）分级首次提出。1878 年发生的根瘤蚜（ phylloxera ）灾害大面积摧毁葡萄园，后来又逢连年战争。1934 年，"品酒小银杯骑士会"（ Confrérie des Chevaliers du Tastevin ）在武若古堡（ Château de Vougeot ）成立。

掉进了勃艮第的红酒中

当我从勃艮第的一个小火车站走出来，一眼便见到基勇在向我招手。基勇在勃艮第金丘南端的桑特奈（Santenay）拥有他母亲留给他的九公顷半的葡萄园，9 月是采葡萄酿酒季节，我这就是来帮忙的。说基勇有九公顷"半"葡萄园，并非斤斤计较那半公顷，而是因为这是勃艮第的特征，勃艮第的著名酒庄，闻名遐迩的罗曼尼·康帝葡萄园只有 1.814 公顷，每年仅酿造 6000 瓶以罗曼尼·康帝为名的红酒，物以稀为贵，只要世界各地都有几人买上几瓶，市场上就是打着灯笼也找不到了。

为何罗曼尼·康帝的红酒产量这么少呢？不亲自来到勃艮第，不亲眼见到勃艮第的葡萄园和它毫不起眼的小酒庄，是不容易弄清楚的。

"你先到我的酒窖待一会儿。因为摘葡萄的时间提早了一天，大厨明天才报到，今天午饭我们在葡萄园就地吃三明治，晚上你到我父母家睡觉。"

开拖拉机把葡萄送回酒窖的是基勇的父亲，基勇的母亲则是采葡萄的总指挥，两位一早就退休了。酒窖中的黑皮诺正在去梗，葡萄汁正源源不断地流向一个三合土制的 5000 升酒槽。

"今天摘的葡萄所酿的酒是卖给酒商的。每年我的酒庄只卖七八千瓶红酒，包括桑特奈法定产区的勃艮第红酒等。"这是我第一次来基勇的葡萄园摘葡萄，和他一起酿酒。他的酒窖所酿造的红酒，光是我认识的就有两种勃艮第的一级红酒（Premier Cru）和三四种法定产区的红酒。基勇的葡萄园分散在他家周围方圆 10 公里，那两个出产一级红酒的葡萄园位处朝阳的山坡高处，每个葡萄园还不到半公顷。根据勃艮第的传统，一块土地的"风土"，称为 climat（气候）。所谓"风土"，可能是一块特定的土壤和特定的阳光、雨水，生长出来的葡萄会有特别的风采；也可能是一个乡村的某些土地。我就此问题请教基勇的母亲，可她也不能给我一个满意的答案。

摘葡萄的人手大约有 30 个，不过每天也只能摘一公顷半的葡萄。在摘葡萄时已经要开始筛选，去掉腐烂的葡萄。但摘葡萄的往往是"乌合之众"，因此在用拖拉机运输前还要再把关一次，清除不合格的葡萄。可以说，酿造好酒的葡萄需要长期经营，在发芽的春天种植，一直到秋天采摘，最后才讲酿酒的工艺。勃艮第红酒特别注重所谓的"气候"，只着眼老天爷给的自然环境，完全没有考虑到人的因素。可是，葡萄种得好、长得好是人的因素，只采摘完美的葡萄是人的因素，酿造酒的工艺好也还是人的因素。矛盾吧？

"许多人总觉得酿造好酒，酿酒的工艺是次要的，仿佛酿酒是一门科学，而不是艺术。他们总认为，买了名贵的葡萄园，单靠有经验的种植管理就可以酿造出好酒，但事实并非如此。"我有点感叹。不过，基勇显然持另外一种看法，他总是希望能够买到有名气的葡萄园。

"来到你的酒窖，再在你不同的葡萄园里摘葡萄，又和你一起酿酒，我真有点儿掉进勃艮第红酒里的感觉。"每一块土地都可以起一个名字，人都让勃艮第的红酒给浸醉了。

门庭深锁的罗曼尼·康帝酒庄

ANCIEN VENDANGEOIR
DES
MOINES DE SAINT VIVANT
DE VERGY

一家寻常的勃艮第酒庄

　　勃艮第红酒名震全球，要一尝世界第一名贵红酒罗曼尼·康帝在巴黎老佛爷（Lafayette）百货商店酒窖中的酒，少说也要1万欧元一瓶，除了市场供求机制的动力，当然也免不了有炒家在其中作怪。名气到底需要时间的沉淀，并非罗伯特·帕克金笔一挥便能一蹴而就。罗伯特·帕克曾来香港举办环球巡回大师学习班（Master Class）加晚餐品名酒会，每个席位价格5000到1万港币。就算帕克先生本人对于精致的勃艮第红酒的欣赏能力略有欠缺，勃艮第红酒本身的号召力也是非同小可。从营销的角度来看，餐桌上也不可能没有一支半瓶的勃艮第。

　　在波尔多或普罗旺斯，动辄上百公顷的葡萄园是不足为怪的，但在勃艮第，只有几公顷并且还分为好几方块的葡萄园则比比皆是。基勇酒庄的葡萄园有十来公顷，已经算是有点规模了。不过只要稍为深入了解一下，便会发现基勇的葡萄园可不简单。有两小块葡萄园是一级红酒的法定产区，每年各有权生产600瓶到2000多瓶红酒不等，其他几块则出产勃艮第好几个不同法定产区的红酒，年产约3万至4万瓶。正因如此，勃艮第红酒在法国比其他地区的红酒价格要来得昂贵——对于一个这么小的酒庄来说，既没有营销团队，出产也以散装卖给酒商为主，只有小部分酒是由自己入瓶直销。

"你们先把腐烂的葡萄好好清除掉！"我向在葡萄园里摘葡萄的人大喊。最近天气反常，勃艮第的雨水特别多，在一级红酒法定产区葡萄园里已有不少葡萄开始腐烂，但与此同时，一群"乌合之众"似乎并没有受到基勇的好好培训。

"对他们喊是没有用的。明天还要下雨，只好今天尽量赶快摘。辛苦你最后把关。"基勇看来相当无奈，"每年只产 600 瓶，又有一级红酒法定产区的标签，销售是没有太大问题的。"

"那不一样，你有两个一级红酒法定产区的葡萄园，如果这两种红酒有了名气，可以带动其他红酒的自销，也可以加价呢。"

"大部分红酒都卖给酒商，酿制得再好也没有用，况且是供求决定红酒的价格！"

"那至少你自己装瓶的葡萄酒质量一定要把好关呀！"对于基勇这种亲力亲为一脚踢，却没法抽身进行更好的组织，且不能把守好关键的作风，我真是"皇帝不急急太监"。

"两种一级红酒年产只 3000 来瓶，若想依靠它带动其他红酒的销售……"基勇又得开拖拉机运葡萄回酒窖，又得经常盯着榨碎了的葡萄入三合土酒槽，还得和我一起送白葡萄去做汽酒，自然是分身不暇。

我是基勇的贵宾，来摘葡萄的年轻人邀请我和他们一起吃晚饭喝酒，我便向基勇买了他酒庄的几瓶一级红酒让他们尝尝。

"还比不上你昨晚带来的你自酿的红酒呢！"他们一口咬定。

"不一样！做给自家喝的酒一定更好。"我可真有点飘飘然了。

勃艮第的"香槟"和另类干白

　　波尔多的红酒因为有左岸的五大酒庄如拉菲而名闻神州，而勃艮第红酒虽然比波尔多红酒稍晚登岸，庆幸也凭罗曼尼·康帝之名在神州后来居上。所不同者在于，波尔多左岸波亚克村的葡萄园都是大庄园，仅拉菲的葡萄园就有 100 公顷，正、副牌酒年产高达 40 万瓶，可说是酒业大亨，而罗曼尼·康帝只不过是一个不到 2 公顷的葡萄园，年产不到 6000 瓶，以经济角度来看，真是小巫见大巫。这就是波尔多和勃艮第最大的差异。

　　勃艮第和波尔多都以红酒闻名世界，殊不知整个大勃艮第地区的红酒产量只占了葡萄酒的三分之一而已。

　　平常中国人所说的"红酒"，泛指干红和干白，除此之外，葡萄酒还包括汽酒和甜酒。提到勃艮第红酒，大都指狭义的金丘。金丘的北边叫夜丘，南边叫博恩丘。夜丘以酿干红为主，延伸 20 公里的狭窄山坡，葡萄园总共不到 4000 公顷。香波-慕西尼（Chambolle-Musigny）法定产区只有 150 公顷葡萄园，比拉菲只大一点而已。博恩丘也只有 20 多公里，葡萄园稍多，总共 6000 公顷，干红的名声虽比夜丘稍逊，但生产世界上最有名气的以单品种霞多丽葡萄酿造的干白，如法定产区普里尼-蒙哈榭（Puligny-Montrachet）、夏山-蒙哈榭（Chassagne-Montrachet）和默尔索

勃艮第碱性泥灰岩葡萄园

（Meursault）等。基勇的酒窖和这些名干白产区相距只有几公里，开车数分钟就到。

"天气报告说下午会下大雨，我们就晚点吃午饭吧。先把堆在葡萄园的200多箱黑皮诺和30多箱霞多丽送到吕利村（Rully）做勃艮第汽酒（Crémant de Bourgogne）的合作社。"一箱葡萄有20多公斤，基勇的小货车要跑四个来回，在乡村小道上飞驰也得花三小时。

"搬上搬下200多箱，可真有点儿累。我先帮我父亲把白葡萄运过去。我父亲的拖拉机很快就会把白葡萄运到，你盯着去梗压榨，记得放二氧化硫。"基勇叫我先吃饭，自己又赶去几公里外的葡萄园开拖拉机运白葡萄。

除了种酿造干红的黑皮诺之外，基勇的酒庄和博恩丘的其他庄园一样，种了不少白葡萄。说起白葡萄，相信绝大多数人只认识霞多丽。在香港，勃艮第干白和霞多丽差不多是同义词。其实不然，勃艮第还有一种"穷人"的勃艮第干白，叫阿里高特（Aligoté），是以葡萄品种命名的。开胃酒基尔（Kir）就是以黑加仑利口酒（Crème de cassis）和阿里高特干白混合而成的。基勇只种植了少量的霞多丽，其余都是阿里高特。

"前头三车白葡萄是普通的阿里高特，最后一车是布哲宏村（Bouzeron）的阿里高特，别把它们混在一起。"

阿里高特干白产量高，法定产量每公顷7800升，当然没有浓郁的霞多丽干白那么受青睐。据基勇说，布哲宏村的土质是白色泥灰岩，十分适合种植阿里高特，布哲宏村法定产区的阿里高特干白每公顷产5000升，口感在博恩丘以霞多丽酿造的干白面前并不逊色，自有其光芒。

勃艮第汽酒是用黑皮诺和霞多丽以制作香槟的传统方法酿造的，可以说是勃艮第"香槟"，何不一试？称之为"穷人香槟"正合适！

勃艮第的酒商红酒

我朋友基勇在勃艮第有九公顷半葡萄园，散布在方圆 10 公里，可说是勃艮第四千多个葡萄庄园的一个真实写照。在众多的葡萄园中，只有四分之一的庄园是自酿自销，就像基勇的酒庄那样。其余的庄园会把刚酿好的新酒，甚至是葡萄卖给酒商，由酒商继续存放，在勃艮第叫作"élevage"，即"培养"的意思。虽然在波尔多也有"养酒"的说法，但像这样把红酒放入 600 升的橡木桶（demi-muid），存上一年多才推出市场的做法，是只属于勃艮第的悠久历史传统。

"今年天气虽然有些反常，夏季雨天多，摘葡萄的季节又下大雨，不过今年的葡萄产量还是令我满意的，过去四年来葡萄的产量都很低呢……"基勇当然一早就在打量辛苦了一年的收成，直到葡萄入了酒槽，方能安心。正所谓一方水土养一方人，勃艮第红酒的历史传承和现象，就要从酿造勃艮第红酒的单一品种黑皮诺说起。

黑皮诺属于早熟的葡萄品种，产量少而且非常不稳定，基勇四年来一直歉收，就是一个活生生的例子。勃艮第属石灰黏土地质，气候比波尔多和普罗旺斯寒冷得多，正适合种植黑皮诺。可是黑皮诺个性不强，土质阳光稍有改变，它的品质就会发生显著的变化，这也是为何勃艮第庄园特别强调"terroir"（水土）和"climat"（风土）的缘故。两块相邻的只有一两亩的土地，长出的葡萄品质就有很大的差异。黑皮诺是一种单宁度低、颜色浅的葡萄，可是物质结构结实，具丰厚的口感，经过橡木桶的存放可以做高品质的红酒，这也是红酒商人何以在勃艮第大行其道的原因。

"我自己入瓶的红酒都是最好的，不到全部产量的四分之一。其余的酿成新酒之后马上卖给酒商，价格当然低很多。"

勃艮第的酒商真有十步一阁之多。四千多个葡萄园，酒商有两百多家，还没算上20多家红酒合作社。酒商占勃艮第红酒销售比重的三分之二，占勃艮第特级红酒（Grand Cru）销售比重的40%。其实绝大部分酒商也是葡萄种植者，一般庄园大约有9公顷葡萄园，而酒商的葡萄园平均面积有30公顷，都是有实力的大庄园。

"自己直销的话，要把红酒存放两年，是很大的经济负担。"显然，除了需要建立一个销售部门之外，作为资金密集的产业，雄厚的流动资金才是勃艮第酒商的最大优势。

在香港酒窖找到的绝大部分都是波尔多的名酒庄红酒，而勃艮第的以来自夜丘的红酒为主，总量上仍比不上波尔多左岸的波亚克村酒。其中，能见到的勃艮第红酒，绝大部分又都是酒商红酒。

老牌酒商路易拉度（Louis Latour）、路易亚都（Louis Jadot）、宝尚父子（Bouchard Père et Fils）充塞香港红酒市场，品质传统稳定，可是绝少惊喜。曾经名噪一时的新进酒商尼古拉斯·宝德（Maison Nicolas Potel），在多年前被另一家勃艮第酒商收购，而尼古拉斯·宝德（Nicolas Potel）也一早离开了公司。具有个性的勃艮第红酒，就算丢失了它的灵魂人物，在酒评家的吹捧下仍能风光依旧。

话说勃艮第夜丘名酒

　　接受基勇的邀请和他一起酿酒，趁此机会在他的葡萄园帮忙摘黑皮诺，亲身体验勃艮第脍炙人口的风土，乃人生一大快事也。虽然先是在葡萄园里过了两天半日晒雨淋的日子，后来和基勇在酒窖一起酿酒又极度劳累，但可以现场即时品尝不同位置的黑皮诺，对勃艮第的风土概念可说有了更深的体会。朵乐黛是从普罗旺斯地中海沿岸前来摘葡萄赚外快的姑娘，晚上在摘葡萄人的不羁酒饭中，对我带来的自酿红酒赞不绝口，非得在离开勃艮第之前要我花一天时间带她到勃艮第的名葡萄园走一圈不可，她要好好见识这里风土的内涵。

　　"法国的葡萄园以地中海沿岸和波尔多为大，勃艮第出产的红酒所占的比例不多。勃艮第有个特点，世人所认识的勃艮第，狭义指昔时从勃艮第公国（La Duché de Bourgogne）首都第戎（Dijon）南部开始延伸的 50 公里的金丘。金丘又分南北，北边叫夜丘，南边叫博恩丘，两者长度相等，夜丘较为狭窄，有些地方的宽度只有 300 米。离第戎北边较远的有夏布利，是只酿造白葡萄酒的地区，仿佛不属于勃艮第似的。南边连接博恩丘的有夏隆内丘（Côte Chalonnaise）和马贡（Mâconnais），生产便宜很多的红酒，其中略有名气的叫普伊-富赛（Pouilly-Fuissé）。"

　　"说了这么一大套，带我去一下出产名酒的地方不就行了？"对于不是酒鬼的姑娘朵乐黛来说，我说的知识洋洋数千字，未免太复杂。

"想附庸风雅，只去夜丘就可以了。基勇的葡萄园在博恩丘的最南面，它的附近出产世界上最好最贵的干白，同样也是博恩丘的特色，普里尼-蒙哈榭、夏山-蒙哈榭、默尔索……"

"我不太喜欢干白，哪里出产闻名世界的干红？"

"那就得去夜丘了。世界上最贵的名酒就是夜丘的罗曼尼·康帝。勃艮第的红酒分五大等级：顶级（Grand Cru）、一级（Premier Cru）、用村名来标签的村级、地区级和仅用勃艮第来标签的最便宜的红酒，复杂到连大部分法国人都弄不清楚。夜丘最出名的出产顶级酒的村庄首推沃恩-罗曼尼（Vosne-Romanée），当然是沾了罗曼尼·康帝的光。"

说起罗曼尼·康帝，狭义是指在沃恩-罗曼尼村内，一个不到2公顷的叫罗曼尼·康帝的小葡萄园出产的葡萄所酿造的红酒。但其实罗曼尼·康帝酒庄还用其他村庄种植的葡萄酿造红酒。唐英年拍卖的拉塔希（La Tâche），就是沃恩-罗曼尼村的另一种顶级红酒。这款红酒价格非常昂贵，一瓶陈年红酒叫价港币10万元。

"我可买不起这么贵的红酒，要介绍几款我也付得起的红酒才有意思嘛！"

"那样的话可以考虑其他有名的村庄，例如热夫雷-香贝丹（Gevrey-Chambertin）、武若（Vougeot）、香波-慕西尼（Chambolle-Musigny）。香波-慕西尼的顶级酒有慕西尼（Musigny）、柏内-玛尔（Bonnes-Mares）等，价格当然很贵。不过，就算是只用了村名'香波-慕西尼'的红酒，品质也大都一流。我提议你可以买一瓶2010年孔菲永-科特迪多酒庄（Domaine Confuron-Cotetidot）酿造的香波-慕西尼。"

　　这瓶香波-慕西尼在香港酒窖也能找到。当然，也别忘了夜丘另一个酿造顶级酒的村庄热夫雷-香贝丹的古堡红酒（Château de Gevrey-Chambertin）。2012 年，经营澳门赌场的吴志诚以 800 万欧元买下这个有 2 公顷葡萄园的古堡，引起勃艮第地区的震动。

细数罗曼尼·康帝的风土

如果说波尔多名酒有左岸的五大名酒庄，那么勃艮第金丘的葡萄园就有夜丘的五大名酒村。波尔多名酒庄都是堂皇的古堡，而在金丘，全世界赫赫有名的酒村一个个都好像是依然沉睡在中世纪、只有不食人间烟火的修道士出没的世外桃源。一个村庄只有居民数百，用乡村名字命名的法定产区的葡萄园，包括顶级酒和一级酒在内可能也还不到 200 公顷，如果考虑到顶级酒和一级酒的平均产量在每公顷 3000 升左右，一个勃艮第村庄的产量可能也就是波尔多五大名酒庄产量的两倍而已。金丘最出名的五大村庄为沃恩-罗曼尼、热夫雷-香贝丹、香波-慕西尼、武若和莫雷-圣丹尼（Morey-Saint-Denis），排名不分先后。有趣的是，如今这些乡村的名字是由它们昔时的名字加上当地最出名的葡萄园名字构成的。

"你说罗曼尼·康帝一般是指用罗曼尼·康帝葡萄园出产的葡萄所酿造的红酒，那酒庄便是用了它最出名的葡萄园的名字来命名的，它还出产其他红酒吗？"人也真是奇怪的动物，朵乐黛一边说顶级酒、一级酒太贵了买不起，好像深究无益，可是罗曼尼·康帝作为世界上数一数二的名酒的魅力却一直吸引着她。

"罗曼尼·康帝葡萄园还不到 2 公顷，年产只有 6000 瓶左右。我每年独自在家用四个 300 升的不锈钢大桶酿酒，也差不多有 1000 瓶呢！这

唐英年拍卖拉塔希红酒，我则为拉塔希葡萄园打孔种新苗

下你就能知道 4000 多升是多么少的产量。罗曼尼·康帝酒庄的葡萄园多在沃恩–罗曼尼这个村庄，这里有非常出名的拉塔希葡萄园。和罗曼尼·康帝葡萄园一样，整个拉塔希葡萄园的 6 公顷土地都属于罗曼尼·康帝酒庄，所以酒瓶的标签上有'Monopole'（独占）的字眼。"

中世纪，当时的金丘是天主教修道院的葡萄园。沧海桑田，18 世纪时金丘被有王室血统的波旁·康帝（Bourbon Conti）在竞价中买下，庄园名字便加上了"康帝"。法国大革命后，贵族物业被充公，许多金丘葡萄园同样如此。不过，勃艮第的葡萄园大都属多家种植，产权支离破碎，享受"Monopole"特权的甚为少见。

"我在基勇的出产马朗日（Maranges）一级酒的'国王葡萄园'（Clos des Rois）摘葡萄时，就体会到在金丘干活儿有多困难了—— 一个有名的葡萄园有许多地主，一不小心就把邻居的葡萄也给摘了。"马朗日是金丘最南端的一个葡萄产区，由三个距离很近的小村庄构成。

"其实，罗曼尼·康帝酒庄酿造沃恩–罗曼尼村酒的，还有同样有名的李奇堡（Richebourg），三公顷半，年产 1 万瓶；罗曼尼–圣维旺（Romanée-Saint-Vivant），年产 2 万瓶；大依瑟索园（Grands Echezeaux）和依瑟索园（Echezeaux），年产 3 万瓶。这几种酒都是沃恩–罗曼尼村酒的顶级酒，而罗曼尼·康帝酒庄也拥有这些葡萄园的一部分。"

"顶级酒的话，那一定都是天价。我这辈子做梦也别想喝上罗曼尼·康帝的红酒了。真是遗憾！"

"你可以买一瓶普通的村酒，不就可以一窥罗曼尼·康帝的庐山真面目了吗？"不过这话也不一定对，夜丘的红酒，即使来自两个相依的葡萄园，种出来的葡萄品质都会有很大差异，更别说经过不一样的酿酒工

艺了!

　　"想要买又平又靓的酒，你会到哪个酒庄呢？"

　　"我提议你试试尤金妮（Domaine d'Eugénie）的沃恩–罗曼尼村酒。七八年前，巴黎春天百货的老板皮诺（François-Henri Pinault）将它买了下来，此后一直在更新酿酒设备和工艺……"

　　对于酿酒工艺，我可是个坚定的现代化设备和科学技术的信徒。

热夫雷 香贝丹的不速之客

在勃艮第的朋友基勇的葡萄园认识的姑娘朵乐黛，大手大脚、性格豪放，在勃艮第红酒的核心产地金丘摘葡萄之后，竟然对当地昂贵的红酒产生浓厚的兴趣，有些令人出乎意料。

"夜丘五大名酒村庄的红酒中，你可能会比较喜欢热夫雷-香贝丹。"夜丘的五大名酒村庄，从南到北，依次为沃恩-罗曼尼、武若、香波-慕西尼、莫雷-圣丹尼和热夫雷-香贝丹。其葡萄园面积依次为 150 公顷、65 公顷、150 公顷、130 公顷和 400 公顷。罗曼尼·康帝的顶级红酒每公顷年产量只有 4000 瓶左右，那么整个村庄的村酒总年产量也就是五六百万瓶，所以，在市场上寻觅不到夜丘的红酒也就不足为奇了。市场由供求决定，夜丘红酒的价格自然昂贵。热夫雷-香贝丹葡萄园的面积最大，产量最高，村酒的价格也相对便宜。不过，话说回来，买价格不菲的村酒，也并不等于品质就有保证。

"那天听基勇说，去年有一位来自澳门的商人以 800 万欧元买下热夫雷-香贝丹酒庄，引起金丘地区酒庄的巨大反响。对我来说，这可真是天文数字。"

"听说新的古堡主人热爱红酒，古堡包括 2 公顷属于村级的法定产区热夫雷-香贝丹红酒，已经邀请阿曼·卢梭（Armand Rousseau）酒庄

澳门商人吴志诚收购的热夫雷-香贝丹古堡和葡萄园

来经营种植和酿造。阿曼·卢梭并非很大的葡萄园，却是金丘很有名气的酒庄，相信是个很好的选择。"

2公顷葡萄园以村酒的规定，也就年产1万瓶红酒。这显然不是一个商业决定，兴趣是不能够用金钱去衡量的。

"可不可以说说阿曼·卢梭酒庄到底是何方神圣呀？"

作为酒庄，阿曼·卢梭葡萄园只有14公顷土地，但绝大部分分布在村里顶级和一级的葡萄园。以村庄命名的13公顷的香贝丹葡萄园，它占据了其中的3公顷，是村庄的最佳葡萄园；在15公顷的贝兹葡萄园（Clos de Bèze）——传说拿破仑御用的红酒就出自此地——它占据了十分之一；旁边还有一公顷半的叫胡索（Clos des Ruchottes）的独占园。它在隔壁的莫雷-圣丹尼（也是夜丘的五大名村之一）最出名的葡萄园洛奇（Clos de la Roche）也有土地，可说是一个只酿名酒的酒庄，价格当然是出类拔萃的。

在香港或澳门，想欣赏夜丘五大名村红酒有一个好去处，就是在置地广场或葡京的法国餐厅卢布松，它酒牌中的勃艮第名酒令人眼花缭乱，有钱花也有无所适之叹。2012年葡京赌场的吴志诚买下了热夫雷-香贝丹。对于依然停留在中世纪修道院时空的夜丘群山和它的葡萄园来说，这位不速之客仿若投下了一颗震撼人心的炸弹。不过，当人们听到吴先生委托阿曼·卢梭酒庄打理葡萄园之后，对外人入侵的敌意已经消失了大部分。根据法国的法例，农耕合同至少九年，而且合同可作无限期延长，岂不等于阿曼·卢梭实际上是葡萄园的主人？当然除了中世纪的古堡以外。

在夜丘，顶级酒和法定村酒的价格差异何止十万八千里。想以比较合理的价格找到一瓶热夫雷-香贝丹村酒，经常有力不从心之感。

金丘名村顶级酒的例外

　　大姑娘对于热夫雷-香贝丹（Gevrey Chambertin）顶级名酒似乎特别有兴趣，但一听到价钱，也只好打退堂鼓。退一步求其次，是否容易找到一两瓶品质价格都能接受的村级酒呢？

　　"刚才问你可否介绍一个酿造上好的顶级酒贝兹的酒庄，你说可以考虑2012年费德马尼恩（Frédéric Magnien）的红酒，不过价格太贵了，我可买不起。有没有村酒级的，那种货靓价平的热夫雷-香贝丹呢？"

　　"我想起最近和朋友在酒家喝过伍杰雷酒庄（Domaine de la Vougeraie）的一瓶热夫雷-香贝丹红酒，好像是2011年的。饭店的价格比这瓶顶级酒贝兹的零售价还便宜。但看来你总是想买贝兹的红酒。"在法国，一般饭店的红酒价格比零售价高三四倍。

　　"我想买瓶夜丘名牌酒给我舅舅。他是喜欢喝酒的人，过几天生日。刚才你说拿破仑喜欢喝贝兹红酒，我想送给他有个名堂的红酒。"

　　"代表夜丘的，可以说是武若古堡。武若是夜丘的五大名酒村之一，夹在沃恩-罗曼尼和香波-慕西尼两个村庄之间。有趣的是，武若村除了人口稀少只有二百多之外，葡萄园的面积也是夜丘五大名酒村里最小的，只有60公顷，而村内唯一的顶级葡萄园武若园（Clos de Vougeot），围绕着武若古堡，有五十多公顷，是夜丘最大的顶级葡萄园。差不多可以说武若村的红酒都是顶级红酒！你可以买瓶有代表夜丘红酒意味的顶级酒武若，价格比拿破仑的御酒便宜多了。"

武若古堡是中世纪熙笃会修道士（Cistercian）所建，现今是发扬勃艮第红酒和美食的"品酒小银杯骑士会"（Confrérie des Chevaliers du Tastevin）的会所，是勃艮第红酒爱好者的精英俱乐部。对于来勃艮第朝圣的"酒鬼"，是必经的圣地。那么品尝武若园的顶级勃艮第红酒，也是必然的历程。武若古堡位于武若园的西北，西邻沃恩-罗曼尼的顶级葡萄园大依瑟索园和香波-慕西尼的顶级葡萄园慕西尼。小小的大依瑟索园和慕西尼都属于出产品质非凡的黑皮诺的风土，而同样属于顶级葡萄园的武若园，却跟随了中世纪熙笃会修道院遗留下来的传统，为了防止羊群来捣乱而兴建了围墙，故武若园并非以"风土"所划分，50 公顷的葡萄园土壤出产的黑皮诺质量差距很大。

在武若古堡附近的葡萄园产出媲美大依瑟索园和慕西尼的顶级红酒，山坡偏低和接近平原的位置只能酿造出普通的村酒而已。还有一个难以克服的因素，增加了酿造武若园红酒的难度，那就是 50 公顷的武若园竟然有 80 个地主。有些酒庄只能酿造一小桶顶级酒，如果葡萄产自低地，真是巧妇难为无米之炊。所以要有心理准备，如果没有做功课，就不要见到红酒标签就掏腰包了。

"买夜丘的武若园可有整套学问呢！你给我出个主意！"

"可到热夫雷-香贝丹的让-米歇尔·吉永酒庄（Domaine Jean-Michel Guillon）跑一趟。这个酒庄很小，它的武若园酒价格适中，而且还有品质不错的热夫雷-香贝丹村酒，货真价实。产量不大，希望你至少买到其中一款。"

买红酒，并非到屈臣氏酒窖掏腰包就行。如果是某年份的酒，那就要打着灯笼找了。在法国觉得颇麻烦，不过在香港只要肯签信用卡，要找一瓶武若园的好酒却不太困难。

CLOS DE VOUGEOT
DOMAINE
JACQUES PRIEUR

武若古堡

慕西尼回眸一顾百媚生

　　向大姑娘朵乐黛推荐了有代表性的武若园顶级葡萄园红酒，想不到颇有英气的她忽然非要买一瓶不单只是武若园，而且是名副其实的名酒不可。

　　"你不是说不想花太多钱买一瓶名酒庄酿造的名红酒吗？"我可有点糊涂了。

　　"我改变主意了。由一个名不见经传的小酒庄酿造的勃艮第葡萄园的红酒，能够真正代表勃艮第吗？我既然要买一瓶名酒送给我的舅舅，那就得又是名葡萄园又是名酒庄出品的百分百名酒！"朵乐黛虽说高头大马，但仍不失女人天生的那种追逐不单要好，而且要更好的本能冲动。兜里银子虽不是很多，花钱却比泥做的男人爽快得多。

　　"那我就提议买瓶勒罗伊酒庄（Leroy）的武若园红酒吧。"价格会比一般的武若顶级酒贵很多，不过有经济能力的话还是很值得的。朵乐黛英气中依然充满女人的味道，深深地吸引着我，"让我们去一趟香波-慕西尼吧！"

　　夜丘从北方的勃艮第古色古香的首府第戎南郊开始到南端的夜圣乔治（Nuit-Saint-Georges），只不过20公里多一点，而勃艮第五大名酒村都集中在北夜丘。从武若葡萄园开车不需五分钟就已到了香波-慕西尼村中心了。香波-慕西尼村有两个顶级葡萄园，分别在从西朝东山坡的北边

和南边。南边的顶级葡萄园叫慕西尼，是一个原本叫香波的小村庄，在 1880 年被加上村里最有名的葡萄园名字而成为历史佳话，这是夜丘的传统特色。北边的顶级葡萄园叫柏内-玛尔，有意思的是这个总面积只有 16 公顷的葡萄园，偏北有一小块土地坐落在邻村莫雷-圣丹尼的范围内。故柏内-玛尔葡萄园边境酿造的红酒有莫雷-圣丹尼村酒酒体厚和单宁丰富的特色。根据传说，柏内-玛尔（英语：Good Mothers）名字源自当地熙笃会修道院的修女。香波-慕西尼是夜丘五大名酒村的出产中最具女性妩媚的红酒，酒体虽厚却轻盈如少女舞步，非常精致。

"听你说有一次朋友到你普罗旺斯的家做客，你就拿香波-慕西尼红酒来招待他。你是普罗旺斯的地头蛇，不只家中有许多当地的好酒，认识的酒窖朋友也多，难道就找不到一瓶能够媲美香波-慕西尼的红酒吗？"

"那朋友很懂得酒，开车途经勃艮第，就在他认识的酒庄买了些红酒，可惜却没有买到卢米酒庄（Domaine G. Roumier）的香波-慕西尼村酒。"卢米酒庄在香波-慕西尼村人气冲天，酒庄庄主克里斯托夫·卢米（Christophe Roumier）早就不在他的酒窖零售任何红酒了，酒客吃闭门羹是最平常不过的事情。

"那你有卢米酒庄的香波-慕西尼来招待他吗？"大手大脚的朵乐黛转过头却是回眸一顾百媚生。

"我也刚好没有。幸亏还有好几瓶武戈公爵酒庄（Comte Georges de Vogué）的香波-慕西尼村酒，是当地酿造村酒的最大酒庄，品质一流，不过价格便宜多了。"

与其他的名酒村不同，香波-慕西尼的 150 公顷葡萄园仿佛女人似的，总是回眸一顾百媚生，百尝不厌。

夜丘名不见经传的名酒村

对于顶级勃艮第柏内-玛尔 16 公顷的葡萄园中有 1 公顷多坐落在邻村莫雷-圣丹尼，姑娘朵乐黛觉得不可思议。

"这一小块土地出产的红酒，它的特点更接近莫雷-圣丹尼村的顶级葡萄园大德园（Clos de Tart）。毕竟两者不过相隔一条乡村小径。"

"我听我的姨妈提起过香波-慕西尼红酒，可从来没有听人说起莫雷-圣丹尼。如果不跟你来，可真不知道它也生产勃艮第名酒呢！"

"莫雷-圣丹尼虽然贴着香波-慕西尼，名气可远远不及呢！它的葡萄园的总面积不到 100 公顷，是香波-慕西尼的三分之二。香波-慕西尼只生产干红，它却还出产少量的干白，是夜丘只产干红的一个例外。"

在勃艮第的顶级红酒，皆只冠上葡萄园的名字。酒的价格却至少 100 欧元以上，讲求实际的普通中产如果没有特别的场合，根本不会花费这笔"巨款"。因此这些顶级红酒就慢慢地消失在一般酒窖，尤其是超市的货架上。100 公顷的葡萄园里，有三分之一多一点的顶级红酒，和一级红酒加起来接近 50 公顷，名副其实的村酒只有 50 公顷，只能生产 25 万瓶而已。所以在市面上碰见它的村酒可真不容易。

"你说香波-慕西尼有两个顶级葡萄园，大小慕西尼和柏内-玛尔，那莫雷-圣丹尼呢？"女人真是奇怪的动物，嘴里说勃艮第顶级、一级葡

香波-慕西尼红酒如此优雅，如此女性；出产红酒的小村步行兜一圈只五分钟

萄园的红酒价格高不可攀非能力所及，但对于最好、更好的向往却仍是着迷的，怪不得桃花尽日随流水呢。看来朵乐黛也不是个例外。

"很少碰见莫雷-圣丹尼村酒，但它的顶级酒如兰布莱园（Clos Lambrays）、大德园、德·拉·荷西园（Clos de la Rôche），当然还可能有圣丹尼园（Clos Saint Denis）会在专卖名贵酒的酒窖找到。其中又以德·拉·荷西园最名贵。不知道什么原因，乡村的名字没有加上最有名的葡萄园德·拉·荷西园，而是用了名气小的葡萄园圣丹尼。兰布莱园和大德园都是独占园。"

在香港，兰布莱园、大德园及德·拉·荷西园在卖名贵红酒的酒窖一定有售。听闻年前路易·威登收购了兰布莱园，相信再过几年它的红酒价格也会跟随母公司的名气而水涨船高了。欲尝尝它味道的，可要赶快慷慨解囊切勿迟疑了。

"听你这么说，村庄里有好的酒窖吗？"既来之则安之，看来朵乐黛若不尝尝它的村酒味道是不会甘休的。

"我们去试试彭寿酒庄（Domaine Ponsot）。它是顶级葡萄园德·拉·荷西的最大持有者。我在香港认识它的红酒代理。"德·拉·荷西，老藤酿造，酒款清新，口感润滑，给我留下很好的印象。

勃艮第酒神的红酒

朵乐黛开着她载有一张小床的小货车，也用不了一个上午的时间，已经走马观花地在夜丘五大勃艮第名酒村的葡萄园兜了一个圈。遇见许多在葡萄园采摘葡萄的人，有说不出的亲切。毕竟，昨天朵乐黛还在基勇的葡萄园里工作，我也在他酒窖中帮忙。

"这里摘葡萄的时间比基勇葡萄园晚了好几天呢。"不知不觉，我们重新回到勃艮第夜丘五大名酒村最南端的沃恩–罗曼尼。此地距离位处博恩丘极南的基勇的庄园，也有 30 公里左右的路。勃艮第的纬度可说是种植酿酒用葡萄的极限。勃艮第属大陆性气候，昼夜温差比较大，但也稍微受到海洋气候的影响。西方的大西洋季候风被法国中部的中央山脉所遮挡，只有来自地中海温润潮湿的罗纳河谷的风带来海洋的雨水，如果不是生长在向东山坡上的葡萄园，连早熟的黑皮诺也不会在秋天未临前成熟。

"你看，克罗·帕兰图（Cros Parantoux）葡萄园的葡萄长得多漂亮！"站在已故的闻名遐迩的勃艮第酒神亨利·贾伊尔（Henri Jayer）的葡萄园和勃艮第顶级葡萄园李奇堡之间的小径，惊叹双脚正踩在一土千金的石灰岩黏土上，我的赞美不禁冲口而出。"这里是勃艮第红酒最珍贵的葡萄园。李奇堡、罗曼尼·康帝独占园、罗曼尼（La Romanée）独占园、大街（La Grande Rue）独占园……除了我们左边的李奇堡葡萄园的面积比

邻居迷你小酒庄的年轻女庄主让我品尝她的新酒

较大，有 7 公顷多之外，其他几个独占园的面积都不到 2 公顷。每公顷
每年只不过生产 4000 瓶红酒而已！"

"看你的神色，你面对克罗·帕兰图葡萄园在遐想什么呢？"朵乐黛
知道我看得出神了。

"我在想有勃艮第酒神称呼的亨利·贾伊尔……"

"是何方神圣呀？连你这么自负的人好像也对他肃然起敬？"

"可以说是亨利·贾伊尔开辟了这个依然属于一级的葡萄园。他在
上世纪 70 年代后期酿造的一级'克罗·帕兰图'勃艮第在市面上已经差
不多绝迹了，如果有的话也和罗曼尼·康帝一样，总得 1 万多欧元一瓶。
在 70 年代他只不过是一个不显眼的葡萄园佃农，租了这块原来荒废的、
薄薄的一层不到 1 公顷的多岩土地，后来成为他自己酿酒的开始。听说
每年产量只不过 3000 瓶而已。"

"那为什么他是勃艮第的酒神呢？"

"他那个时代开始流行用化肥、农药和拖拉机，一段时间之后勃艮
第红酒的质量急剧下降。但是他依然采用传统的方式种植葡萄，用极少
量的去草农药。由于克罗·帕兰图本来就是一片石灰岩，土壤非常贫瘠，
产出本来就已经很低，但贾伊尔依然只筛选上好的健康果实，原料把关
非常严格……"

当然还有贾伊尔崇尚自然派的酿酒哲学，包括冷处理预发酵。也可
能有时势造英雄的因素吧，勃艮第酿酒"道家"的 3000 瓶红酒，风靡一
时，简直是一瓶难求。他去世后由他的外甥伊曼纽尔·胡杰（Emmanuel
Rouget）继承他的葡萄园，曾经租售葡萄园给他的凯慕思酒庄（Mèo-
Camuzet）的现任庄主，可算是他的入室传人。

没有顶级酒的夜丘名酒村

金丘有一个似乎依然沉睡在历史中的平静村庄，村中人烟稀少，只有 400 口人，这就是勃艮第酒神亨利·贾伊尔度过他一生的沃恩-罗曼尼。如此平常的村庄，看似毫不起眼，却诞生了闻名遐迩的罗曼尼·康帝。

"神话都是人自己创造的。如果不是因为 70 年代贾伊尔坚持他顺其自然的传统酿酒方法，令他的红酒品质鹤立鸡群；如果不是因为他酿造红酒的年产量只有几千瓶；如果不是人类对于稀有的东西趋之若鹜的本性令贾伊尔酿造的红酒坐地起价……可能就不会有酒神的神话。这就是人类。仅仅填饱肚子只是森林中的野兽。"

"别说大道理了。刚才经过武若古堡时，你说要去见一个什么酒庄的朋友。现在差不多都中午了，我们是不是要去他的酒庄吃饭呢？"朵乐黛对于咬文嚼字显出一副不耐烦的神情。

"对，武若古堡是勃艮第红酒和品酒小银杯骑士会的会所。在 20 世纪 20 年代末开始的欧美经济大萧条期间，勃艮第的红酒滞销，红酒的价格比盛它的橡木桶还便宜。法维莱酒庄（Domaine Faiveley）现任庄主艾温·法维莱（Erwan Faiveley）的曾祖父乔治（George Faiveley）和一个朋友一起发起组织了品酒小银杯骑士会。"在令人绝望的困难面前，乔治说：既然红酒已经卖不出去了，那就让我们叫朋友来一起喝醉吧！就这样，

品酒小银杯骑士会

在两个人的努力下复兴了中世纪时期流行的酒神会，一直流传到今天。"法维莱酒庄在夜圣乔治，距离这里只有几公里。"

"我经常见到夜圣乔治的红酒，价格虽然贵，但也不会像五大名村的红酒那么高不可攀。"

"夜圣乔治的红酒没有顶级葡萄园，村酒的种植面积总共有四五百公顷，是五大名村的三倍。名气低而量大，所以价格就比较低。"

夜圣乔治是个只有 5000 名居民的小城镇，曾经是金丘红酒的集散地。真是路遥知马力，今天勃艮第的红酒首都却是在南方不远，处于博恩丘的博恩（Beaune）。途经勃艮第的游客多奔向博恩，夜圣乔治早已被忘记了。法维莱酒庄的总部就在夜圣乔治。在勃艮第，一个普通的葡萄园也就是 8 公顷左右，法维莱酒庄却有葡萄园 120 公顷，是名副其实的大酒庄。至少有三分之二的葡萄园在博恩丘南端的墨丘（Mercurey）一带，但也不乏金丘的顶级和一级葡萄园。虽然也有做酒商生意的，不过绝大部分都是自己生产，红酒品质比较有保证。

"真不巧，艾温·法维莱不在，尝不到他酒庄的好酒了。在摘葡萄的季节，也难怪。"朵乐黛似乎在自我安慰。

"他的葡萄非常分散。从金丘南端到北方的热夫雷-香贝丹，光是跑一趟就三十多公里路。采摘顶级葡萄园亲自去监督，也是挺正常的。"

夜圣乔治，不喝法国红酒的一定不知道这个法国小镇。

大战罗伯特·帕克的律师酒庄世家

从夜丘的小镇夜圣乔治到金丘的勃艮第红酒首都博恩，中间不过 10 公里之遥。作为勃艮第红酒商的集中地，这个风光明媚的中世纪古城人口也只有 2 万而已。

"不去酒窖试酒了。通常在博恩酒商的酒窖试酒是要付钱的，十几二十欧元，就可以尝到几款顶级和一级葡萄园的干红或干白了。夜丘基本不生产干白，博恩丘在博恩附近一带以生产干红为主，稍南的默尔索村和蒙哈榭村是世界上最好、最出名的干白故乡。"

"听你的意思，似乎博恩丘的干红比不上夜丘的？"朵乐黛不太喜欢干白。

"博恩丘也有生产干红的顶级葡萄园，风格和夜丘五大名村有很大的差异。比如说博恩南郊沃尔奈村（Volnay）的干红，就比较清淡，微微的酸度余韵悠长。"

说到沃尔奈村，我们在车上已经能看到德蒙蒂酒庄（Domaine de Montille）了。我带朵乐黛来沃尔奈村，是要向在美国记者乔纳森·诺西特（Jonathan Nossiter）的纪录片《美酒家族》（*Mondovino*）中大战美国酒评家罗伯特·帕克的德蒙蒂酒庄庄主休伯特·德蒙蒂（Hubert de Montille）致敬。虽然说 20 世纪七八十年代，在罗伯特·帕克的推销下，法国红酒广为美国和世界各地津津乐道，风靡至今，但针无两头利，其后罗伯特·帕克和波尔多酿酒师米歇尔·罗兰密切合作，几乎把红酒变成高级可口可乐。只有浓郁厚身、橡木桶的香草味几乎掩盖了果香的红酒，才会受到罗伯特·帕克的好评，那么陈年酒和新酒也变得没有什么分别了。当然，对于正职为律师，但一直醉心酿酒、心系勃艮第传统的休伯特·德蒙蒂来说，"是可忍，孰不可忍"，于是在《美酒家族》这部纪录片里，奋起反击罗伯特·帕克一统红酒界的酒评。

"我对于罗伯特·帕克的名字也有所闻，原来是红酒界的一个翻云覆雨的人物呢！他的影响力真有这么神奇吗？"

"说了你可能不信，任何一款名酒，若在那一年没有得到罗伯特·帕克的好评，都很有可能会滞销，尤其是波尔多地区的红酒，因为波尔多酒庄的产量大。波尔多和勃艮第的名酒很多是出口的，但勃艮第红酒款式多产量低，受到的影响相对来说小得多。休伯特·德蒙蒂是个有主见的人，可能觉得勃艮第好酒由一个在他眼里不懂勃艮第红酒的罗伯特·帕克来指手画脚，因而感到忿忿不平吧！"

"那你觉得他对罗伯特·帕克的批评对吗？"

"罗伯特·帕克鼓吹用成熟的葡萄酿酒，控制葡萄亩产量等主张，以他的影响力，确实促进了法国一般红酒的品质。不过正如休伯特·德蒙蒂所指出的那样，精耕细作的勃艮第红酒在罗伯特·帕克的眼中是没有地位的，只有那些通过他的吹捧、没有自己性格的红酒才能登大雅之堂。"

罗伯特·帕克已经近二十年没有评过勃艮第的红酒了。当今正红的勃艮第红酒酒评家是美国的艾伦·米多斯（Allen Meadows）。刚巧面对红酒在中国兴起，美国的牛仔文化和汉堡包味蕾能够继续左右世界红酒的

味觉潮流吗？相信历史悠久的中华民族，会更有潜力欣赏和发挥红酒的真正魅力。

"哪款酒最能代表德蒙蒂先生红酒的风格呀？"

那当然是他的沃尔奈一级葡萄园红酒塔耶皮艾（Les Taillepieds）了。德蒙蒂先生已去世，近年来酒庄已由他的儿子打理，他亲手酿造的红酒在市场上可能再也买不到了。

夜丘的红，博恩丘的白

上天仿佛对勃艮第特别眷顾似的，除了世界最有名的罗曼尼·康帝葡萄园在夜丘的五大名酒村沃恩-罗曼尼落脚之外，全世界最好的干白也产自博恩丘的两个小村庄。酿造勃艮第干红的是娇气的黑皮诺，而酿造勃艮第干白的是容易种植的霞多丽。从这个角度看酿酒，可以说霞多丽对博恩丘的小山丘哈榭山（Mont Rachaz）情有独钟。和夜丘一样，博恩丘的小村庄也在村名上冠以它们最出名的葡萄园名字，普里尼-蒙哈榭和夏山-蒙哈榭便是如此。

"前面的小乡村叫默尔索。"从沃尔奈村向南走不到 2 公里就到，再向南走不到 4 公里就是蒙哈榭葡萄园。

"新一代的明星酒庄庄主，夜丘有卢米酒庄的克里斯多夫·卢米（Christophe Roumier），博恩丘有卢洛酒庄（Domaine Roulot）的让·马克·卢洛（Jean Marc Roulot），后者还是电影演员呢！博恩丘有七个顶级葡萄园，在蒙哈榭小山坡和博恩稍北的是生产科尔登-查理曼（Corton-Charlemagne）干白的地区。在默尔索只有一级葡萄园，卢洛酒庄就在这里，它向来只生产少量的默尔索一级干白，而且只卖给老顾客，所以很难在市场上见到它的酒。如果恰好撞上，一定要赶快解囊。"如果没有熟人介绍，上门购买必然吃闭门羹。

　　"你说来说去，都是海市蜃楼。既然是买不到的东西，你说它来干什么？"朵乐黛是个务实的姑娘，对抽象的东西不耐烦。

　　"我特别跟你提起让·马克·卢洛，是因为他乃休伯特·德蒙蒂先生的女儿艾丽丝·德蒙蒂（Alix de Montille）的夫婿，来自一个个性非常强的家族。听说自拿破仑订立法典后，男孩和女孩从此便可平分父母遗产。所以勃艮第葡萄园经过两三代之后，就支离破碎、四分五裂了。艾丽丝·德蒙蒂让哥哥打理父亲的酒庄，自己就跑到勃艮第最大的酒商布瓦塞（Négociant Boisset）那里酿酒。当然，大酒商多以经济挂帅，一种酒贴上不同的标签，再卖不同的价格是很平常的，在经济学中叫作'区别'。"

　　"你就是喜欢时不时卖弄这些烂臭的经济学名词。"对于朵乐黛而言，当今经济一团糟，这些所谓专家可曾拿过一个实际的解决方案出来呢？

　　"我更喜欢默尔索村拉芳酒庄（Domaine des Comtes Lafon）的红酒。它除了生产默尔索一级干白外，也酿造非常出色的沃尔奈一级葡萄园干红桑图诺（Santenots）。"在香港比在法国更容易买到勃艮第的好酒，不单是拉芳酒庄，甚至连卢洛酒庄的干白也是。"如果你想买的话，我给你几个酒窖或餐馆的地址。"

　　这个世界是否总是强强联手，或者是慧眼识英雄，又或者是弱肉强食的呢？无论用什么角度看这个大千世界，物以类聚好像总是一个常态。

　　在博恩丘最出名、最昂贵的顶级干白蒙哈榭，其实也是由罗曼尼·康帝酒庄酿造的。如此说来，你是相信勃艮第的风土，还是比较相信罗曼尼·康帝精湛的酿酒艺术呢？

普罗旺斯
Provence

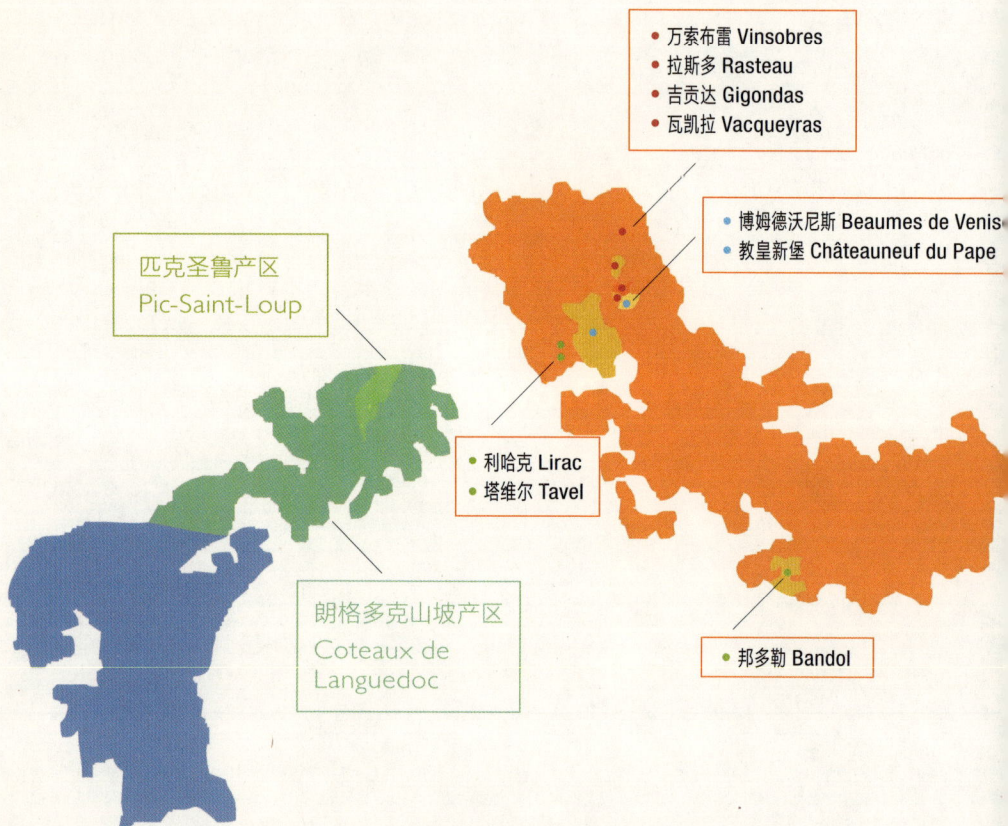

- 万索布雷 Vinsobres
- 拉斯多 Rasteau
- 吉贡达 Gigondas
- 瓦凯拉 Vacqueyras

- 博姆德沃尼斯 Beaumes de Venis
- 教皇新堡 Châteauneuf du Pape

匹克圣鲁产区
Pic-Saint-Loup

- 利哈克 Lirac
- 塔维尔 Tavel

朗格多克山坡产区
Coteaux de
Languedoc

- 邦多勒 Bandol

巴黎 Paris

法国
FRANCE

普罗旺斯
Provence

普罗旺斯的葡萄品种

歌海娜

1. 歌海娜（Grenache）

　　低单宁，高酒精，酿造出的酒口感柔滑，满口李子干、无花果和普罗旺斯香草——百里香、月桂和迷迭香——香味。教皇新堡红酒多用它作为主要酿酒原料。它是来自西班牙喜爱阳光的品种。

慕合怀特

2. 慕合怀特（Mourvèdre）

　　和赤霞珠、西拉同属高单宁葡萄品种。酒色红中带黑，非常强劲。口感存在明显的硬质和土味，存放后转为野味和黑松露味。马赛的邦多勒（Bandol）红酒用它酿造，是一种需要强烈阳光的品种。

佳丽酿

3. 佳丽酿（Carignan）

　　单宁度一般。产量可以很高，不过只有高龄的葡萄藤和低产量才能酿造出好酒。强劲，深红色，酒体饱满，稍显粗糙。喜阳光、干旱和风，是朗格多克地区（Languedoc）红酒的特色。

普罗旺斯的风土

　　南罗纳河谷的土壤较北罗纳河谷远为复杂。这里已是地中海气候，受到北方寒风吹袭，邻近入海三角洲，有不少微气候。葡萄园位于斜度较低的山坡或是小山顶部，地下是海洋动物的沉淀，碱性土质的崩塌堆积充分的河泥，好似蒙米拉伊花边山脉（Dentelles de Montmirail）或教皇新堡的沙土与鹅卵石。位于教皇城亚维农（Avignon）东南边的地中海沿岸，从马赛一直延伸到蔚蓝海岸（Côtes d'Azur）尼斯，阳光普照，夏热冬凉，不过晚来的春寒有时会对葡萄园造成灾难。雨水主要集中在秋天，多倾盆大雨，山中和高原雨量更多。北风起了干燥的作用，保护了葡萄的生长。亚维农南面地中海沿岸的朗格多克地区，包括以沙土为主的卡马尔格沼泽地区，是法国最大的葡萄园区，至今仍然主要生产家常红酒，但其土壤和气候适合种植多种葡萄，包括赤霞珠和霞多丽，是法国红酒的明日之星。

Provence

时间里的普罗旺斯红酒

1316 年，教皇约翰二十二世建立了教皇新堡的葡萄园，同时受贸易自由化的积极影响，罗纳河谷红酒（Côte du Rhône，缩写 CDR）逐渐广受欢迎。

1936 年，罗纳河谷法定产区终于建立。美国酒评家罗伯特·帕克喜爱强劲浓郁的教皇新堡红酒，多个酒庄曾获满分殊荣，法定产区红酒逐渐为外国爱酒人士追捧。地中海沿岸的"普罗旺斯山坡"（Côtes de Provence），早在公元前 6 世纪已经有法国最古老的葡萄园，并在马赛酿酒。在罗纳河右岸的海岸山坡，是法国葡萄园面积最大的产区。没有波尔多或勃艮第的历史传统，却具有后发优势，是当今法国最有潜力生产未来名酒的地方。

黑松露国度的红酒

　　去年年底，老朋友威尔逊突然来个电邮，叫我带他去看看世界黑松露市场，当然也要顺便去普罗旺斯名酒之乡教皇新堡（Châteauneuf du Pape）逛酒庄。

　　"我女儿和女婿打算去阿尔卑斯山滑雪，我会早几天到巴黎，想让你带我去里舍朗舍（Richerenches）和教皇新堡。"里舍朗舍距离我普罗旺斯的家只有十多公里，是全世界最大的黑松露产地，每年11月底开始到翌年3月初，每个星期六上午都有独具风格的黑松露批发市场。

　　"天气很冷，晚上就在家吃饭吧。我做一个用40粒大蒜头烤的普罗旺斯特色烤鸡。你经常说香港的鸡肉没有味道，我特别请邻居为我准备了一只两公斤多的走地鸡给你好好享受。现在开车到我家对岸万索布雷的绍姆-阿尔诺酒庄（Domaine Chaume Arnaud, Vinsobres）买两瓶酒，让你尝尝北普罗旺斯最好的红酒之一。"

　　绍姆-阿尔诺酒庄在距离万索布雷村一公里多的艾格河（Aigues）右岸，但是它的葡萄园却在万索布雷的小山腰和山顶海拔500米的高原。

　　"好久没有见到你，去香港了？"庄主的丈夫菲利普向我打招呼。

　　"嗯，有香港的朋友来，我要向他介绍南罗纳河谷最好的酒庄之一，所以特别开车过来了。"对我随意的马屁，菲利普显得啼笑皆非。但说实

话，在对附近酒庄进行的多次评比中，绍姆-阿尔诺酒庄总是名列前茅的，可算是区内数一数二的酒庄。而在南罗纳河谷的产酒村当中，像教皇新堡这样可以用村庄名作为酒名的，万索布雷是少有的几个顶级红酒村庄之一。700 公顷的万索布雷葡萄园，东南偏南方向，土壤属多鹅卵石碱性黏土。阳光充足且温差又大，既有歌海娜所喜爱的强烈阳光，又有西拉所喜爱的比较凉快的温度。

"香港市场上的法国红酒，是波尔多的世界，其次是勃艮第红酒，南北罗纳河谷的很少。"

"你们南罗纳河谷的红酒在香港有可能找到的几款，多以教皇新堡为主。我只认识佩高酒庄（Domaine du Pégau），因为它得过几次罗伯特·帕克酒评的满分。其实我没有喝过这酒庄的酒，500 欧元一瓶我觉得太贵了。"

"万索布雷是南罗纳河谷最北的顶级红酒村庄。这里酿造的红酒，单宁比教皇新堡的更细致，酒体浓郁而更清新。我给你尝尝我们的万索布雷村酒，是用歌海娜和西拉（Syrah）各一半配酿的……"

"我想先尝尝你们的普通罗纳河谷红酒。如果我没有记错的话，主要是歌海娜，配以四分之一的西拉和一点神索（Cinsault）。"

普通的罗纳河谷红酒果香重，绍姆-阿尔诺酒庄的红酒之所以出类拔萃，是因为具有红酒那种明朗的精确度。绍姆-阿尔诺酒庄的女庄主十年前继承了父亲的葡萄园后，才离开酿酒合作社开始自己酿酒。虽然万索布雷葡萄园的酿酒历史无法和教皇新堡的悠久历史相提并论，但它独特的风土为酿制优秀的红酒提供了条件。

"即使只是标签普通的罗纳河谷红酒，运气好的话你也能喝上一流的好酒……"对于只追求名酒标签的红酒叶公，这句话可能只是对牛弹琴。

普罗旺斯北端的名酒村万索布雷

普罗旺斯的歌海娜

　　威尔逊来我普罗旺斯的茅庐小住几天，给我带来两瓶久违了的波尔多波亚克村的名酒雄狮庄园（Château Léoville Las Cases），我也一早向附近的肉铺订了锡斯特龙的羔羊腿。最近庆祝"二战"盟军登陆诺曼底，法国总统奥朗德（François Hollande）宴请英国女王伊丽莎白二世（Queen Elizabeth II）的主菜原料，就是产自阿尔卑斯山脉中，距离我家约100公里的这道锡斯特龙小羔羊。

　　"到了普罗旺斯，不喝本地酒那就太可惜了。"说也奇怪，在市面上称得上是普罗旺斯法定产区红酒的，却是产自蔚蓝海岸，而作为普罗旺斯中心地的教皇城亚维农（Avignon），从这里出产的红酒却属于罗纳河谷法定产区。

　　所谓法定产区，就是政府规定在指定的地方，种植规定的葡萄品种，以合乎规定的产量所酿制成的红酒，才有资格用法定产区的标签。比如说，有资格用"波尔多"标签的红酒必须用赤霞珠和梅洛配酿，产量每公顷不能高于4800升。在普罗旺斯教皇城附近的葡萄园，如果是属于政府指定的罗纳河谷红酒产地，必须用西拉和歌海娜品种的葡萄，以每公顷不超过5000升酿制的红酒，才可以称为"罗纳河谷"红酒。有些村的葡萄园更加优质，有资格用"罗纳河谷村酒"的名称，更好的就是以村的名字为标签。

"给你带的是你指定的波尔多圣朱利安村的名酒。不过最重要还是尝尝你去年秋天自己酿制的红酒。"

"我的邻居都是种葡萄的，葡萄都送到了红酒合作社。去年秋天葡萄歉收，收成比法定产量少了20%。我自己没有葡萄园，正着急酿不了酒了，幸亏邻居玛婷留了200公斤的歌海娜和西拉给我。"

位于地中海北岸的普罗旺斯，夏天天气炎热，雨水比波尔多多，温暖和潮湿的环境更适宜种植来自西班牙的葡萄品种歌海娜。

"去年很特别，春天又冷又湿，葡萄长得不好，到了秋收又下了几场大雨，早熟又喜欢日照的歌海娜熟得很慢，再等下去天气凉了，如果继续下雨葡萄就会发霉，所以歌海娜被摘的时候还没有百分百成熟。我正着急，刚巧山区朋友的葡萄园有赤霞珠和佳丽酿，我就赶去摘了400公斤赤霞珠和200公斤佳丽酿。深山的温度比我处于丘陵平原的家低两三度，适合赤霞珠生长。温差大，葡萄的口感更好。有四个葡萄品种，我就酿造了三种红酒。我去年酿制的大部分红酒口感并不像一般的普罗旺斯红酒，普遍都是以歌海娜为主，西拉为辅，然后加上少许的慕合怀特（Mourvèdre）或佳丽酿。"

威尔逊平常多喝波尔多红酒，对于普罗旺斯的红酒，熟悉的也就是教皇新堡。普罗旺斯最出名的红酒，远比波尔多的浓郁，酒精度也高得多。

"你用赤霞珠配酿，出来的红酒一定跟南罗纳河谷法定产区的红酒不一样了？"威尔逊有点好奇，心想我这个孙悟空又能够变出什么新花样。

"50%的赤霞珠、40%的歌海娜和10%的佳丽酿。歌海娜没有熟透，比例不敢太高，摘的时间比赤霞珠早两星期，所以先发酵，又碰上天气冷，颜色很浅，酒精度有点低，所以多用些赤霞珠来补救。你尝尝，这一年的歌海娜品质差强人意，配酿赤霞珠的结果却带来惊喜。我又准备好了一瓶用百分百歌海娜酿制的教皇新堡给你比较一下。"

　　昨晚喝了万索布雷绍姆-阿尔诺酒庄的普通罗纳河谷红酒搭配农场鸡，威尔逊大为惊叹。今天喝他带来的波尔多二级酒庄红酒雄狮庄园搭配锡斯特龙羊腿，同样赞不绝口。

我的车房酒

"你做红酒的葡萄从哪里来的呀?"

说起种葡萄,我不得不佩服经营葡萄园的庄主十年如一日的刻苦精神。在法国,大部分的葡萄园庄主都是小本经营,夫妻两人可以说是早起夜归,同甘共苦。耕种十来公顷的葡萄园就没有多余时间去酿酒了,更别说种植葡萄和酿酒完全是两码事。在葡萄园里开拖拉机施肥,和在酒窖里通过化学程序等待葡萄发酵,是体力劳动和脑力劳动的分别。这是合作社应运而生的原因之一吧。

"一部分是邻居送或卖给我的。送葡萄到合作社去的额度有上限。不过去年葡萄歉收,我就依市价向邻居买一点。如果收成好,我向他们要些,把酿造好的红酒送一部分给他们作为补偿就可以了。也有朋友有葡萄园的,不以种植葡萄维生,他们会叫我自己去摘。"其实还有一种来源,就是当收割机采了葡萄之后,根据法国惯例,任何人都有权利去摘剩在葡萄藤上的葡萄。

"那你红酒的品质怎会好呢?"近二十年来罗伯特·帕克的酒评深刻影响着英美和亚洲市场,令口感浓郁和橡木桶香草味重的红酒大行其道。相信威尔逊也是不知不觉间随波逐流了。

"所谓巧妇难为无米之炊,做顶级的红酒当然要从葡萄的质量着手。

葡萄亩产过高当然会影响红酒的品质。罗伯特·帕克提倡的通过修剪减少葡萄产量是有其道理的，这样会增加葡萄汁的浓度，酿制出来的红酒就比较浓郁。不过酿酒过程也会对红酒产生很大的影响。"

"听你所说，好像你不太喜欢橡木桶……"

其实威尔逊到的时候，我刚把100升的红酒灌满一个新买的橡木桶。

"以前我从来没有用橡木桶来培养红酒，我不大喜欢过重的橡木桶味道。今年出乎意料，有朋友给了我500公斤赤霞珠，所以才特别花300欧元买了一个100升的橡木桶。橡木桶的单宁和赤霞珠的单宁会产生润滑作用，能更快地减低含有赤霞珠酿制的红酒的涩度。"

"那你配酿的比例是怎样决定的？"威尔逊竟然也有刨根问底的兴趣。

"由于葡萄有早熟和晚熟的关系，一般来说先用单一的葡萄品种酿制，两次发酵后才配酿，品种比例在品尝过程中决定。我只有800公斤左右的葡萄，酿好了之后大约有500多升的红酒。把差不多同时成熟的葡萄品种放在同一个300升的不锈钢大桶内混合酿制。我的车房酒共三大桶：一个240公斤的纯赤霞珠、一个120公斤的赤霞珠加上120公斤的佳丽酿，还有一个200公斤的纯歌海娜。为了增加红酒的单宁和颜色，我又在酿制粉红酒的过程中，提取了赤霞珠的葡萄皮。"

"原来酿酒可有点学问呢，那我一定要尝尝你的车房酒不可！"

教皇新堡王者风范

　　"想不到你家还有哈雅丝酒庄（Château Rayas）的红酒！听酒评杂志说是教皇新堡最出名的红酒！"威尔逊的惊叹是有道理的。教皇新堡的哈雅丝酒庄红酒，是属于有钱也不一定能买到的红酒之一。最主要的原因在于，除了价格不菲之外，它的产量也很低。8公顷的歌海娜，每公顷出酒不到2000瓶，年产只不过15000瓶。

　　"教皇新堡距离这里只有40公里，我倒认识不少那里的酒庄，也认识哈雅丝酒庄的庄主雷诺先生(M. Emmanuel Reynaud)。近水楼台先得月，多年下来就存了几瓶哈雅丝酒庄的陈年好酒，也喝得差不多了，在市面上不知道上哪儿去找了。"

　　教皇新堡地处普罗旺斯政教核心教皇城亚维农的郊区。中世纪时期，1308年，梵蒂冈教廷红衣主教内讧，在法国国王腓力四世（Philippe IV le Bel）的斡旋下，籍贯法国的克雷蒙五世（Pope Clement V）以黑马姿态登上教皇宝座。由于政治和社会原因，克雷蒙五世在法国里昂（Lyon）登基，之后并没有去罗马，后来更决定把教廷迁移到普罗旺斯的亚维农，作为临时落脚地。克雷蒙五世在1314年去世，教廷又经历了两年的权力斗争，直至法国人约翰二十二世（Pope John XXII）即位，亚维农才正式变成了教皇办公的宫廷，时间长达七十年之久。约翰二十二世在七十二岁登基，不单人老力不衰，而且力行其想法，在亚维农附近罗纳河左岸的一处山坡上，修建夏天纳凉的古堡。由于他喜爱勃艮第的红酒，便在古堡山坡上种植葡萄和酿酒。

今天，教皇夏宫所处的小村庄就叫教皇新堡。这里的红酒是法国南部地中海沿岸最有名的红酒。

其实教皇新堡红酒之所以出名，并不是因为有教皇约翰二十二世这块招牌，而是从 20 世纪 20 年代开始，经过许多葡萄园主不懈的努力，不断改善葡萄品种、种植方式和红酒的酿制工艺，以及执行法定产区的立法，以教皇新堡为名的红酒才开始闻名于世。波尔多红酒采用赤霞珠和梅洛配酿，左岸和右岸红酒的差异比较容易分别。而教皇新堡红酒可以由 13 种不同品种的葡萄混合配酿而成，同一法定产区的教皇新堡红酒，不同酒庄酿制的红酒，口味可以是完全不同的。

"跟波尔多酒庄最不同的地方，是教皇新堡红酒的多样性。有许多小酒庄，出产的红酒都很富个性。"

只有10多公顷葡萄园的哈雅丝酒庄，树木更多，且方向朝北，夏天艳阳普照，歌海娜才会成熟。图中葡萄藤的边上清理得非常细心

哈雅丝酒庄并非波尔多古色古香的古堡，仅是普通农舍而已

神秘的哈雅丝红酒

我一早就打开了哈雅丝酒庄的教皇新堡红酒，饭前把它倒在一个醒酒瓶（decanter）里。威尔逊看了半天醒酒瓶里红酒的颜色，若有所思："哈雅丝红酒的颜色浅得令人不敢相信！怎么说都不像是教皇新堡法定产区生产的红酒。它和深紫红色的波尔多左岸当然不可相提并论，就是比起普通的勃艮第夜丘名酒，色泽也还远远不如呢。"罗伯特·帕克喜欢教皇新堡红酒的浓郁、厚身和深红酒色，这样的酒色就算经过了时间的沉淀，颜色变为棕色，和哈雅丝接近覆盆子（raspberry）的浅红色果汁也绝不相同。

"哈雅丝酒庄的红酒可不是一般的教皇新堡红酒……"威尔逊习惯波尔多左岸红酒的味道，它在口中给你一种无名的力度和硬朗结构的感觉，这种感觉其实也经常会在教皇新堡红酒中找到，即使两者味道大有差异。一般教皇新堡的红酒可以用 13 种不同的葡萄酿制，但大多以歌海娜和西拉为主，加上一点神索和慕合怀特。

哈雅丝酒庄的教皇新堡却是一个例外。

"哈雅丝的教皇新堡是用百分之百的歌海娜酿造的，在教皇新堡法定产区可说相当少见。"很喜欢教皇新堡的罗伯特·帕克没有给哈雅丝教皇新堡高分可能就是出于这个原因，不过他也说哈雅丝的教皇新堡是世界上最好的红酒之一。哈雅丝酒庄的红酒，包括其正牌"哈雅丝"教皇新堡（Rayas

Châteauneuf du Pape）和波尔多左岸名酒庄副牌酒的"碧娜"教皇新堡（Pignan Châteauneuf du Pape），还有虽属普通但在法国享有盛名的罗纳河谷法定产区红酒"芳莎丽"（Château de Fonsalette），在法国都深受本土的酒评家追捧。举"芳莎丽"为例，它的价格是一般罗纳河谷法定产区的十倍！

"'碧娜'也是用百分之百的歌海娜酿制，可是'芳莎丽'用了三分之一的神索。用这么多神索却能够酿制出这么好的红酒，真有点神秘！"

当今的哈雅丝酒庄庄主艾曼纽·雷诺（Emmanuel Reynaud）继承了他无儿无女的伯父雅克（Jacques Reynaud）的哈雅丝酒庄和芳莎丽酒庄。20 世纪八九十年代，在雅克的经营下，哈雅丝酒庄声名鹊起，成为教皇新堡法定产区的名酒。哈雅丝酒庄之所以神秘，有两个方面：第一，哈雅丝酒庄的葡萄园虽然在教皇新堡法定产区的中心地带，土壤却是非常贫瘠的沙土，而且方向朝北，不是种植喜欢热量的歌海娜的理想地区。第二，哈雅丝酒庄的设备非常作坊化，堆着凌乱的古老橡木桶，没有任何现代控温设备，更不要说像波尔多名酒庄那样有外来出名的酿酒师指导。哈雅丝酒庄只有 10 公顷的葡萄园，其中 2 公顷是白葡萄，如果以每公顷只出产 2000 瓶红酒计算，那么 8 公顷年产也只不过 16000 瓶左右，更别提有一部分还是副牌的"碧娜"呢。因此，凭借哈雅丝教皇新堡红酒的名气，虽然价格不菲，但仅在法国销售就会被一抢而空，怪不得连酒庄销售部的员工也找不到一瓶哈雅丝。

"2000 年的哈雅丝教皇新堡旷世好酒，今天在我家喝到，可真是你的福气呀！"光是闻到酒中扑鼻的花香和覆盆子的清香，威尔逊已经酒不醉人人自醉了。也难怪，威尔逊久闻哈雅丝大名，还是第一次喝上多年来哈雅丝教皇新堡最好年份的酒，真是可遇不可求呀！

"至少 14 度的酒精含量，酒色浅，口感却非常丰满。歌海娜作为酿

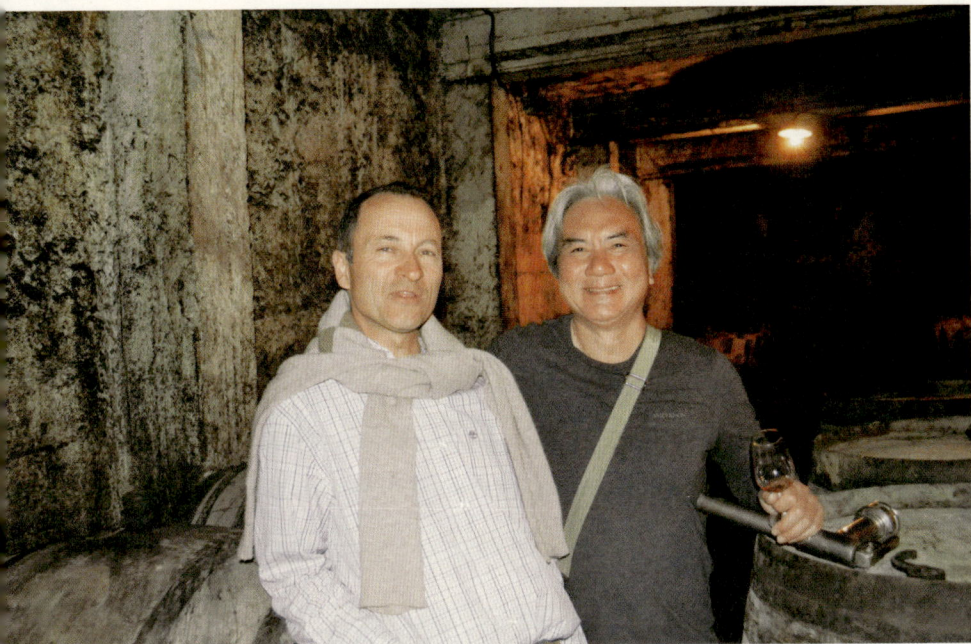

哈雅丝酒庄的庄主（左）在古老的地下酒窖让我品尝2014 年尚未配酿的红酒

造红酒的葡萄，是属于果味浓、单宁低的品种。酿制得不好就会感觉酒精味重、不舒畅，而单宁低的话又会觉得缺乏结构，酒身平淡。哈雅丝红酒却做到了既结构硬朗又细致，尤其是这瓶2003年的红酒，也可说是红酒中的极品了。2005年是法国的红酒大年，若存放到2030年喝最好，听说买一瓶这年的哈雅丝教皇新堡价格至少要四百多欧元。"喜欢浓郁非常的教皇新堡的帕克，认为哈雅丝教皇新堡价格如此之高是因为酒庄亩产低，虽然有一定道理，但又并非必然，否则，其他酒庄依样画葫芦，不是也可以酿造出同等好酒了？

"你是什么时候打开哈雅丝教皇新堡的酒瓶的？"饮红酒一般是在吃饭前两三小时打开酒瓶，有人喜欢用醒酒器。

"是昨天晚上。哈雅丝酒庄的雷诺先生教的。"记得有一次在哈雅丝葡萄园见到雷诺先生，无意中谈起哈雅丝教皇新堡和"碧娜"教皇新堡红酒。"碧娜"是哈雅丝教皇新堡的副牌酒，品质及价格和正牌的哈雅丝自然有点距离。

"你在什么时候打开酒瓶的？"当时雷诺先生问我同样的问题。

"说来惭愧，原本打算喝其他红酒的，朋友非要尝尝你酿制的教皇新堡不可，所以在饭前不久才打开。"

"那太浪费我的红酒了。你去餐馆吃饭，若要喝哈雅丝教皇新堡，最好提前两天打电话给餐馆，叫他预先打开酒瓶，这样你才能享受到我的红酒的最佳状态。另一方面，'碧娜'作为红酒，比哈雅丝教皇新堡能更快地表现它的特质。哈雅丝教皇新堡可说是齿颊留香，停留在口中好像不舍得离开似的……"

当我把这小小铁事说给威尔逊听后，他不禁直呼精彩。

走进哈雅丝的神秘世界

威尔逊对 2003 年的哈雅丝教皇新堡赞不绝口："稍有点酸的感觉，却带给酒一丝清新的口感，恰到好处，许多好酒就是缺了点酸度。我可真想认识哈雅丝酒庄的雷诺先生，听你说他是怪人一个，从来不接受约会？"

"说来可真巧，上星期我去教皇城亚维农，顺道去教皇新堡，竟在哈雅丝酒庄碰上雷诺。他看上去兴致很好，我们一起在他的葡萄园逛了一圈，还在酒庄的地下酒窖品尝了去年的新酒，对我来说是破天荒的第一次！"

"看，葡萄园都是细细的沙土。"雷诺先生特别提起沙土是有原因的。教皇新堡法定产区以其葡萄园又大又红的鹅卵石而自豪——白天太阳晒热了鹅卵石，夜间鹅卵石散发出热量，帮助葡萄成熟得更快。其实除了特别吸引眼球的鹅卵石葡萄园之外，这里还有松软的砂岩和细沙两种贫瘠的土壤。哈雅丝酒庄的葡萄园都是沙土，和其他葡萄园不太一样。

"哈雅丝和'碧娜'教皇新堡的葡萄园都是向北的，能见到落日。"雷诺先生特别提醒我，"在这沙土里生长的葡萄酿制出来的红酒，富有矿物质的口感。整个葡萄园的生态决定了葡萄酿酒的特征。"一个平常不太开口的怪人，也真怪，当天却滔滔不绝地细数他葡萄园的秘密。

闻名的教皇新堡的鹅卵石葡萄园

　　"跟我到地下酒窖尝尝我去年的新酒，看你能否猜出是什么酒！"
我做梦也想不到我会如此幸运，不过一想到要班门弄斧，不禁心中发毛。

　　"是什么酒呀？"哈雅丝酒庄的地窖即便开了灯仍然一片黑暗，5000
多升的大橡木桶看起来都是雷诺先生爷爷时代的古董了。

　　"不像是哈雅丝教皇新堡，不可能是歌海娜……那是你的'芳莎丽'
吧？"

　　"是百分百的神索。第二杯尝的是百分百的西拉！"都是配酿"芳
莎丽"的品种，幸亏没有出洋相。

　　"这酒不用你说我也知道，是哈雅丝教皇新堡！"雷诺见我对最后
品尝的酒这么有信心，也笑了。

　　"芳莎丽"只不过是属于普通罗纳河谷法定产区的红酒而已，名酒
庄产品的价格在法国也很少超过 10 欧元，而"芳莎丽"的价格是四倍以
上，想知道原因，就要走进哈雅丝味觉的神秘世界寻找答案了。

《神之水滴》的第三使徒

我的老友威尔逊听说我和庄主雷诺先生在哈雅丝酒庄地下酒窖猜酒，恨不得时间倒流，也能够和我一起共游哈雅丝葡萄园。

"前几天我见到佩高酒庄（Domaine du Pégau）的洛朗斯·菲罗（Laurence Féraud）女士，她也有点不信我能尝到雷诺先生还没有配制完成的百分百神索所酿的红酒呢。"如果我没弄错，哈雅丝酒庄从来没有得到在全球红酒界呼风唤雨的美国酒评家罗伯特·帕克的垂青。而佩高酒庄的卡珀（Da Capo）红酒，自 2000 年问世以来，屡屡获得帕克 100 分满分的殊荣。但对于教皇新堡的这个普罗旺斯小村落来说，如果哈雅丝教皇新堡怪脾气的雷诺先生真的自认第二的话，相信洛朗斯女士也会退让三分的。

"你认识佩高酒庄庄主洛朗斯？"

"教皇新堡小村距离这里的车程只有 40 分钟。我有空经常到那里串门，所以认识了些酒庄。"

"我就在你家多住一两天吧，我想明天再跟你去逛逛你家附近的这些宝库！"看来威尔逊是有点过度兴奋。

"无巧不成书，十几年前有酒商告诉我罗伯特·帕克给了佩高酒庄 2000 年酿制的卡珀红酒 100 分，于是我也附庸风雅，在香港买了一箱，

现在还储藏在家中的小酒窖中呢。"

"当我告诉洛朗斯，喝哈雅丝教皇新堡提前两天开瓶最好，她说喝她的酒在饭前一小时开瓶就够了。"细致的哈雅丝教皇新堡，好比《红楼梦》，而浓郁强劲的佩高卡珀红酒，则像《三国演义》，各有千秋。如果单讲文笔之美，当然非《红楼梦》莫属，但喜欢《三国演义》的人大多不理会咬文嚼字，帕克也非咬文嚼字之人。

"你听说过一本关于红酒的名叫'神の雫'（中文译为'神之水滴'）的日本漫画吗？它提到世界上最顶级的十大名酒，号称上帝的使徒，第三名就是佩高 2000 年的教皇新堡卡珀红酒了。"

"三四年前我在上海居住，偶然间看到几集《神之水滴》的电视剧。听说漫画出版之后，这十大'名酒'在市场上都找不到了，就是找到的话，价格都翻了好几倍。多年前我买时也要 100 欧元一瓶，算你有福气，我这就去找一瓶出来。"

看来搭配晚饭的就是这"上帝的第三使徒"了。

佩高的登峰造极

"听说佩高酒庄的卡珀红酒自 2000 年来，只在它的教皇新堡质量特别好的年份才从中选出，所以是并非年年都有的好酒。"听庄主洛朗斯女士说，2007 年就没有出产卡珀红酒。在乐谱上，Da Capo 的意思是说演奏至此回到开始重新演奏，中文叫"返始"，很有哲理的感觉。

"卡珀红酒的价格比以'洛朗斯'命名的教皇新堡红酒高三倍以上。如果当年因品质的关系没有出产卡珀红酒，那就证明洛朗斯女士对于佩高酒庄的招牌有多重视。几年前当我买这瓶卡珀的时候，我还不认识她，也是因为罗伯特·帕克的 100 分评分才买的。"可知罗伯特·帕克有多大的影响力。

"我有一次和洛朗斯聊起，才知道佩高酒庄闻名世界，以至于教皇新堡法定产区的红酒在全球红酒界广为人知，罗伯特·帕克功不可没。"

听洛朗斯说，她在上世纪 80 年代后期读完红酒酿制和行销专业后，回到父亲的葡萄园。当时她父亲除了每年自己卖出四五千瓶红酒外，其余的产量都卖给波尔多和勃艮第的酒商。"我好几次想离开葡萄园，工作太辛苦了，生活又枯燥，不过后来还是坚持下来。看，许多橡木大酒桶（foudre，指尺寸多样的大橡木桶）都四五十年了，当然也有 600 升的橡木桶（demi muid）。"

　　所谓 muid，是法国自中世纪传下的一种计量，在勃艮第酒庄多用 demi muid，是全世界存红酒的流行单位。

　　"我们的葡萄园分散在教皇新堡法定产区的许多地方，所以我们有这产区三种不同的土质，其中包括鹅卵石和它下面的黏土、沙土和石灰岩砾石。在鹅卵石土质生长的葡萄浓郁强劲，是教皇新堡红酒最脍炙人口的标志……"当然也是罗伯特·帕克之所以如此喜欢教皇新堡红酒的原因。

　　"这瓶卡珀红酒香气扑鼻，酒中罕见。酒体如此之厚，在口中感到非常润滑饱满，我完全给征服了。"

"新派"教皇新堡

"每当买红酒,一想到如果要存放十多年才喝,真有点人生苦短的感觉。"听威尔逊喝红酒也婆婆妈妈地提到人生哲理,不禁失笑。

"近年来酒庄有酿造新酒的趋势。这几年我也已经改变习惯,除特别场合外,基本都喝新酒。"时代在改变,人的习惯和品位也在改变。

不过威尔逊还是比较喜欢和朋友同醉,因此特别喜欢波尔多波亚克村或圣埃美隆的红酒。我不大喜欢用新橡木桶存放的波尔多,近年来在罗伯特·帕克的影响下,香草味过分浓重,经常会掩盖红酒本身的味道。"罗伯特·帕克喜欢教皇新堡红酒,除了浓郁之外,是否还由于教皇新堡红酒是在橡木桶存放两三年后才在市场上销售?你知道不用橡木桶存放红酒的酒庄吗?"

和香波-慕西尼法定产区只有 150 公顷葡萄园不同,教皇新堡法定产区有葡萄园 3000 多公顷,产酒量大,不少酒庄除了自己装瓶外,仍然要把红酒散卖给酒商,才能维持经营的独立,所以有些葡萄园使用传统的混合土酿酒槽,成本较低之外,操作也较方便,酿造的酒是不在橡木桶存放的。

"教皇新堡大小酒庄近二百家,我认识的寥寥可数。有一家小酒庄的葡萄园紧贴博卡斯特尔庄园(Château de Beaucastel)的葡萄园,就是用混合土酒槽酿酒的。它的酒品质很不错,价格只有它邻居的四分之一,

我带你去看看。"

　　运气可真不错。在柏塞-瑞恩酒庄（Domaine Berthet-Rayne）一下车就见到了老庄主柏塞-瑞恩先生（Christian Berthet-Rayne）。酒庄已经由女儿劳拉（Laure）和女婿打理，不过柏塞-瑞恩夫妇依然在庄园帮忙。

　　"我对朋友说你酿造的是新派的教皇新堡红酒。葡萄园和在法国很出名的博卡斯特尔庄园一样，是鹅卵石土质。以你卖的价格而言，真是物美价廉。"我不是拍柏塞-瑞恩先生的马屁，而是衷心欣赏他的工作，"先尝尝你用百分百歌海娜酿造的教皇新堡。前几天我们刚喝了哈雅丝酒庄的教皇新堡……"

　　奇怪也不奇怪，柏塞-瑞恩不认识哈雅丝酒庄的雷诺先生。柏塞-瑞恩先生的鹅卵石葡萄园，和哈雅丝酒庄的沙土，种出来的葡萄风格完全不一样。而且酿酒的工艺更是东西南北。

　　"百分百歌海娜酿造的教皇新堡，我们给它起了一个名字叫'教皇仙丹'（Elixir des Papes）。一两年的新酒，现在就可以喝。"

　　看威尔逊的神色，我相信他是被"教皇仙丹"征服了。和哈雅丝的教皇新堡相比，当然及不上它细致优雅、绕舌三天的感受，但是不是鹅卵石的热度炼出了中国帝王梦寐以求的仙丹呢？

　　"我们酒庄还有其他三种不同葡萄酿造的教皇新堡。传统的是 60% 的歌海娜、20% 的慕合怀特，加上神索和指定的 13 种葡萄品种中的某一些。"

　　波尔多左岸五大酒庄酿造的红酒，以赤霞珠为主、梅洛为辅，右岸的圣埃美隆刚好倒过来，以梅洛为主、赤霞珠为辅，再加上些品丽珠，各具特色。在教皇新堡，可用的品种林林总总，共计 8 种红葡萄和 5 种白葡萄，真是让人目不暇接。

黎索酒庄的"新潮"红酒

和老朋友威尔逊在距离教皇新堡村不远的凯里昂村（Cairanne）的小餐馆吃便饭。

"这几天我们喝的都是名酒和陈酒。听你说近年来你对于果香浓、酒味清新的新酒特别有兴趣，那你有什么新发现呀？"

说起喝新酒，可不是今天的新发现。多年前便曾流行在每年的 11 月第三个星期四发布博若莱新酒上市，现在即便没有以前热闹，但喝新酒却是越来越流行了。

黎索酒庄（Domaine Richaud）是一个喝新酒的好去处。它的试酒大厅就在南罗纳河谷平原，地处凯里昂村后，背靠小山坡，遥望蒙米拉伊花边山脉，风景秀丽。

"可儿刚让我尝了你酒庄的罗纳河谷普通酒，也尝了你的珍酿。说老实话，我更喜欢价格便宜得多的罗纳河谷普通酒。果香扑鼻，在口中非常丰满，有十分清新的感受。她说每公顷只出产 2000 升红酒，真有点难以置信。"

"是去年酿造的。2013 年天气不好，葡萄歉收。正常每公顷可出产 3500 升红酒。"黎索先生（Marcel Richaud）的女儿可儿刚回家帮忙不到两星期，向我解释道。

"我用二氧化碳浸渍法（carbonic maceration）发酵，温度不超过25摄氏度。"传统酿造普通的红酒方法是去梗，把葡萄压碎，然后加酵酶，浸渍大约两星期。所谓二氧化碳浸渍法，是把完整的葡萄放到酒槽，加二氧化碳，让重力压破底下的葡萄，底下的葡萄发酵能释放二氧化碳，酒槽中完整的葡萄便在二氧化碳的催化下发酵。由于果皮没有破碎，酿造出来的红酒果味浓，清新且单宁度低。

"怪不得你女儿说这酒要当年喝，过了第二年就走味了！"原来黎索先生用的是酿造博若莱新酒的方法。"覆盆子的味道相当浓，歌海娜的比重一定很高。不太像一般的南罗纳河谷的普通红酒。好像有佳丽酿？"

"三分之二的歌海娜，四分之一的佳丽酿。剩下的是西拉。"

"酒非常平衡（balanced），完全没有感觉到酒精味道。"歌海娜成分高的红酒酒精度高，酿造滑润的红酒需要精湛的酿酒工艺。

世界在演变，新酒后浪推前浪。

红酒里的风水

原本打算带老朋友威尔逊去位于蒙米拉伊花边山脉对面山坡的小酒庄玛丹-古尔（Domaine Gourt de Mautens），可是庄主夫人说她丈夫要过一星期才有空。

"他说要带你到葡萄园转个圈，让你看看他是如何种葡萄的。"

当我在院子停好车，庄主耶罗姆（Jérome Bressy）已在向我打招呼了。庄园的名字 Gourt de Mautens 是普罗旺斯语，年轻一代法国人只会说法语，已经不明白这个词是什么意思了。

"葡萄园总共 13 公顷，分三大块。挨着酒窖的有 6 公顷，包括我父亲留下来的农舍。地名 Gourt de Mautens，在普罗旺斯语中，Gourt 是指出水之处，Mautens 是指下雨天，名字的历史差不多有 400 年了。我们先到一个葡萄园去看看，它的葡萄酿造出来的酒特别优雅细致。"

说起酒庄或葡萄园，在法语中常称之为 Château 或 Domaine，而只有全部葡萄园跟酒窖连在一起的庄园，才有资格叫 Château。酒窖在山脚平原，而葡萄园在距离至少 3 公里的小山坡上，从种植角度来说，实在不方便。

"葡萄园之所以分开，是因为有一部分是后来买的。不过在不同的地方，土质不一样，可以种植出不同特色的葡萄，对酒的品质很有帮助。

这里的土有很多石块，是阿尔卑斯山在中新世（Miocene）时期山洪冲积而成的。就算下了大雨，水分也会很快流走。过去我邻居的葡萄园下一点雨就会积水，种出来的葡萄就不一样。"

"光是看葡萄藤上长的枝叶，还有泥土，就能感觉到有明显不同呢！"

"你说得对。我邻居的葡萄藤枝繁叶茂，是他用农药的结果。我这里葡萄藤的叶子不多，但很健壮，长出来的葡萄很脆。我葡萄园的泥土是活的，泥土里有昆虫和微生物，非常松软。而隔壁葡萄园的泥土都有点像三合土了，很硬。"

向东南的山坡，种慕合怀特和佳丽酿特别合适，尤其是赋予红酒结构和阳光之美，非慕合怀特不可。可是慕合怀特也有怪脾气，叶子需要很多阳光，根却喜欢水。中华民族重风水，真是中西文化相通。

"有不同品种的葡萄混杂种在一起呢。"许多葡萄藤都上百岁了，若想添种新的，耶罗姆便会小心种上他要的品种。他的酿酒哲学是，红酒不是单品种分开酿造然后配制（blending）的。对他来说，只要品质有改进，一切努力都是值得的。

回到他的地下酒窖，还没有尝酒，我仿佛已经闻到他的红酒的香味。他只酿造一种红酒、一种白酒和一种粉红酒，年产 25000 瓶，每公顷不到 2000 升，可以说他的红酒就是他的艺术作品。酿造好的红酒还得在橡木桶里待上两年才入瓶，他不是在做生意，而是激情地爱上了……

发亮的深紫，红果气味扑鼻，丝丝矿物口感，圆滑的单宁……

我的蒙米拉伊花边山脉，它的葡萄园

十年磨一剑的天漏酒庄

在耶罗姆的地下酒窖有 3000 升的大橡木桶，也有勃艮第 600 升的橡木桶，还有三合土的酒槽。

"就尝尝你的干红好了。"一般到酒窖尝酒，由干白开始，然后再到干红。我只对干红有兴趣，主要是通过干红的酿造可以欣赏到酒庄的酿酒工艺。酿干红经过两道发酵过程：酒精发酵（La fermentation alcoolique）和乳酸发酵（La fermentation malolactique）；而干白只经过第一道酒精发酵，因此干白缺少干红口感的结构和复杂性。

"先尝尝不同橡木桶 2013 年的红酒，再尝尝 2012 年的。"有两年的时间待在橡木桶中，第三年才入瓶，对于一个年产不超过 25000 瓶的小酒庄来说，等于说要冻结三年的资金，财政压力可想而知。

"酿造好红酒先要有好葡萄，这样至少成功了 80%。"耶罗姆对待他的葡萄园仿佛艺术家爱护作品似的，这也是为何他自称是葡萄种植者而不是酿酒师吧。

绝大部分的名酒庄都有辉煌的历史。1996 年耶罗姆二十三岁时才开始在他父亲农舍的一角酿酒，1998 年才建完酒窖。之前，他们家只是把葡萄送去附近的酿酒合作社，可说当今的酒庄是由耶罗姆奠基的，至今酿酒的历史也还不到二十年。

"幸好葡萄园大部分都是百年老藤……"耶罗姆骄傲地说。尤其是歌海娜和佳丽酿，葡萄藤越老越好。佳丽酿的话，没有 60 年以上的葡萄藤是酿不出好酒的。耶罗姆的红酒便是一款以歌海娜为主、佳丽酿为辅，加上少许慕合怀特同时混酿而成的酒。自 2007 年开始，他用生物动力法（biodynamique）种植，不使用任何杀虫剂，更发挥阴历的星月宇宙之神秘力量，令我为炎黄子孙老祖宗的智慧感到自豪。

"你上次喝的罗纳河谷拉斯多村（Rasteau）法定产区的红酒，现在只可称为地方酒（Vin de Pays）了。"虽然说耶罗姆不在乎法定产区红酒的称呼，他的顾客也并非因为这个标签而买他的红酒，但他心中仍有点不快。为了以行政手段改善红酒品质，现在有资格称罗纳河谷红酒的，必须含有 30% 的西拉，而耶罗姆的葡萄园根本没有种植这个品种。

"你父亲给你留下不少百年葡萄藤，尤其难得的是有佳丽酿。当然十多年来你的精耕细作使葡萄园换了新面貌，酒窖的设备齐全，有没有法定产区称号对于有葡萄品种和酿酒工艺的你来说是无所谓的。我就觉得在普罗旺斯种西拉不能百分百体现出它的优点，它需要更凉快一点的气候，有酸性的页岩土更好。用歌海娜、佳丽酿再加上慕合怀特是很吸引人的搭配。"

"这里都是碱性的泥炭岩土为主。"

"我给你酒庄取个中文名吧，普罗旺斯语 Gourt de Mautens 的意思不就是中文的'天漏'吗？"

十年磨一剑，只为今朝亮剑。何止十年？葡萄藤都上百年了，是好几代人的耕耘。

已坍塌的中世纪教皇夏宫在艳阳下的歌海娜葡萄藤海洋中沉睡

酿酒合作社的牛气

相信世界上最专制的莫过于老天爷。

2014 年天气之反常，出乎所有人预料。夏天干燥得没有一滴雨水，到了 9 月初仍然艳阳普照。

"葡萄没有送到酿酒合作社之前，我都不敢说今年是否丰收。"这就是莫里斯的农民本色，脚踏实地，实事求是。

2014 年开始摘葡萄的那天，倾盆大雨，一下就是连绵不断的一个星期。

"玛婷家对面的 3 公顷葡萄园，原本是属于罗纳河谷法定产区的红酒，合作社的酿酒师刚来过，说有不少西拉都开始发霉了，把葡萄的等级降到了地方酒，可说是损失惨重。"看莫里斯说话的神情，就有点为玛婷喊冤。

政府的行政干预在法国到处可见。按照政府的行政划分，罗纳河谷红酒有法定产区红酒、地方酒和餐酒（Vin de Table）三类。最高等级的法定产区红酒，又可细分为顶级酒（可以在标签上使用村名或一个小区域的名字，比如教皇新堡就是使用村名的顶级酒）、罗纳河谷村酒（Vin de Côtes du Rhône，经常只写村名）以及最低级的只用罗纳河谷标签的红酒。一般来说，红酒等级越高，每公顷的法定产量越低——教皇新堡的

红酒产量每公顷不超过 3500 升；地方酒每公顷的产量可达 8500 升；罗纳河谷法定产区每公顷的产量则不可超过 5000 升。玛婷的 3 公顷葡萄园被合作社从法定产区红酒降级到地方酒，是价格和产量上的双重损失。

也不能说酿酒合作社牛气。在法国懂得喝酒的人大多不买酿酒合作社的红酒，原因是合作社的葡萄来源参差不齐，再加上大量的粗糙生产，怎能酿出好酒呢？但近年来法国国内红酒销量下降，国际低档红酒竞争激烈，保守的法国酿酒合作社也被迫另觅新途，红酒品质也出现了天翻地覆的改善。

"你该去买一瓶万索布雷合作社的万索布雷顶级酒尝尝，百分百西拉酿造。"莫里斯就是万索布雷合作社的股东。

"前几天我在他们老总的办公室刚尝过。单品种西拉酿造的红酒，是北罗纳河的特长，我总觉得普罗旺斯天气过热，又是碱性土质，种不出北罗纳河这么好的西拉。不过价格便宜一半以上倒是个卖点。"自从新老总大刀阔斧励志图强，万索布雷合作社红酒的品质大有改进。怪不得这么牛气！

法国的法定产区制度，2014 年我是受益者，那一年莫里斯的产量超过了法定产区红酒的上限，特别给我留了他最好的葡萄园的歌海娜，可真是我的福气。

普罗旺斯的披头士

　　每次来到基尔的酒窖庄园，我都会在停车场停留好几分钟。无他，盘踞在大风山脚的蒙米拉伊花边山脉尽入眼帘，真不相信世界上还会有更美的风景。

　　庄园有一个零售大厅，在酒吧前已坐了五六个人，大声谈笑，听口音和举止，是比利时人居多。

　　"销售小姐有急事离开了，如果你想试酒，自己来！"

　　"你们怎会摸到这里来呀？"基尔的葡萄园离最近的小村庄也有 2 公里以上，位于向东的小丘坡，如果不是有心人，可不太好找。

　　"还不是因为'披头士酒庄'（Domaine des Escaravailles，通译'爱斯卡勒'）的红酒口碑好，住在附近的比利时人和荷兰人经常开车来这里买红酒。"用英语讲话，显然是从荷兰来普罗旺斯定居的。在蒙米拉伊花边山脉方圆 20 公里内，有不少从英国和北欧过来的退休人士。

　　"我很喜欢这里酿造的凯里昂村法定产区，取名旺塔布朗（Le Ventabren）的红酒，我给你倒一点尝尝。"

　　在普罗旺斯的南罗纳河谷，最基本的法定产区红酒为罗纳河谷，比较好的法定产区红酒叫"村酒"，更好的红酒是可以加上乡村名字的"村酒"，比如以旺塔布朗命名的凯里昂村酒。为什么叫旺塔布朗呢？原来是

出产葡萄的庄园所在地地名，就这么简单。勃艮第的一级红酒就采用这个做法。比"村酒"更好的还有"顶级酒"，教皇新堡就属于此等级。基尔的庄园叫"披头士"，是普罗旺斯语甲虫的意思。音乐迷都知道甲虫就是披头士。

南罗纳河谷法定产区的红酒，和波尔多或勃艮第红酒一个很大的区别，在于它的干红可以由 15 种不同的红葡萄酿造，干白可以由 12 种不同的白葡萄酿造。南罗纳河谷的干红在 15 种葡萄中主要使用的品种是歌海娜、慕合怀特和西拉，更接近地中海海岸的普罗旺斯则主要用歌海娜，也多用神索和佳丽酿，甚至赤霞珠。

"这酒有点罗纳河右岸地中海海岸红酒的风味。"在南罗纳河谷法定产区，用佳丽酿来配酿不太常见，因为多产的佳丽酿只在日照强烈的贫瘠、干燥的土壤上才会长出上好品质的葡萄。显然，基尔的六十多公顷葡萄园里有佳丽酿的老藤。

"这里还有一种用百分百单一歌海娜酿造的凯里昂村酒呢！"

我记得基尔曾经和我说过，他的葡萄园有十多公顷位于凯里昂村向东的山坡，是沙质黏土，正是种植优质细致歌海娜的好地方。

"我祖父在世时葡萄都拿到酿酒合作社去，同时他也留下凯里昂村山坡上的一部分歌海娜，在家中酿酒自用。"不用多说，基尔特别喜欢它是毫无疑问的。

站在葡萄园里，远眺普罗旺斯第一峰冯杜山（Mont Ventoux）

北罗纳河谷
Nord de Côtes du Rhône

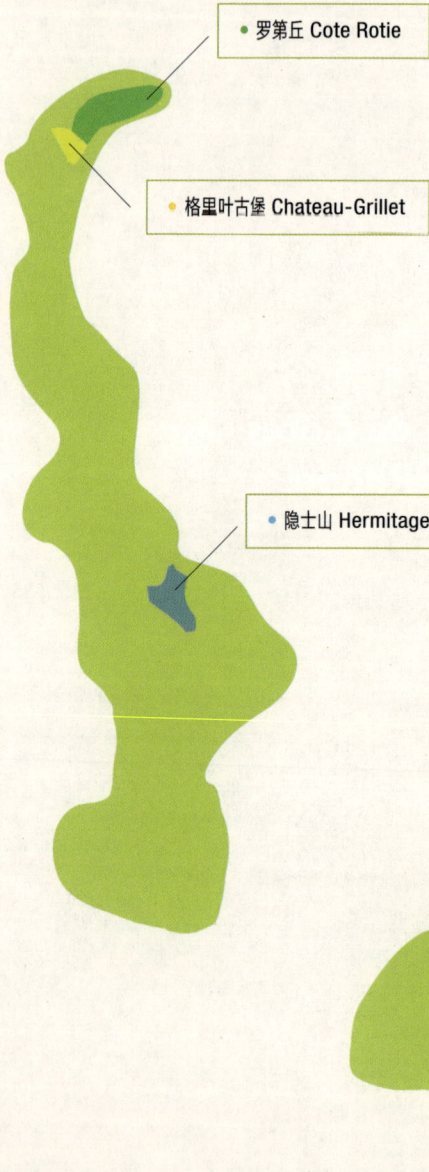

● 罗第丘 Cote Rotie

● 格里叶古堡 Chateau-Grillet

● 隐士山 Hermitage

巴黎 Paris

法国
FRANCE

北罗纳河谷
Nord de Côtes
du Rhône

北罗纳河谷的葡萄品种

西拉

维欧尼

1. 西拉（Syrah）

　　单宁度高，紫到发黑的酒袍，强烈的香料味如胡椒、甘草香和紫罗兰花香。浓郁，强劲，可长时间储藏。在南罗纳河谷经常和歌海娜配酿，更容易入口且果味更浓。需要存放多年饮用。在地中海沿岸也可种植，高温使质感粗糙。

2. 维欧尼（Viognier）

　　酒香富含杏子、樱桃的果味，酒体浓郁而有油性。根据酿酒工艺，既可优雅，亦可能黏口。在北罗纳河谷红酒中，经常有少许维欧尼，使西拉稍显柔和。

北罗纳河谷的风土

　　北罗纳河谷的葡萄园大部分位于几乎完全向南的陡斜山坡上，北方来的寒流对它没有任何影响。葡萄园面积不大。北罗纳河流经崇山峻岭，经过属酸性、十分贫瘠、容易渗透的页岩花岗石碎的融和。雨水比北方的勃艮第稍多，分布平均，使生长在花岗石碎裂缝的葡萄，能够抵抗夏季朝南山坡的艳阳。

Nord de Côtes
du Rhône

时间里的北罗纳河谷红酒

　　远在公元前 I 世纪，北罗纳河谷的市镇维埃纳（Vienne）在罗马帝国时已经有红酒买卖。在 I 世纪末，罗马甚至禁止当地红酒进口。由于波尔多和勃艮第都执行贸易保护主义，北罗纳河谷的红酒很难出口到政治经济发达的巴黎，以及其他北方大城市。

北罗纳河谷西拉探源

几十年的老朋友亚尔伯特，近年圣诞节都会往伦敦跑，探望他在英国伦敦大学学医的掌上明珠。这一年却打破惯例，夫妻俩在 9 月份就陪女儿开学，并顺道来找我一起去北罗纳河谷逛酒庄。

"许多年前，在一次偶然的场合品尝到澳大利亚奔富（Penfolds）酿造的红酒埃米塔日（Grange Hermitage），才知道除了酿造波尔多红酒的赤霞珠和梅洛，及酿造勃艮第红酒的黑皮诺外，出名的法国葡萄品种还有西拉。以前都在圣诞节来欧洲，天寒地冻，今年秋天来，就是想托你的福，认识一下西拉的故乡。"

亚尔伯特一直在投行当主管，足迹遍布东南亚，属于上五星酒店吃西餐喝红酒的"识叹"之人。说也奇怪，用法国品种西拉酿造的红酒，在英美世界闯出一个名堂的竟是澳大利亚的奔富格兰奇（Penfolds Grange），上世纪八九十年代曾被美国葡萄酒时尚杂志《葡萄酒观察家》（*Wine Spectator*）评选为年度红酒与澳大利亚红酒等级第一，因此名噪一时。在法国，以单一品种西拉酿造的红酒的法定产区叫埃米塔日（Hermitage），澳大利亚奔富开始时也跟着用 Hermitage，后因商标法律纷争而改名为 Grange Bin 95。法文西拉为 Syrah，澳大利亚叫 Shiraz，其实是同一葡萄品种。

"你乘高铁到我家住一晚，第二天一早开车北上。"

罗纳河源自阿尔卑斯山，从日内瓦的蕾梦湖（Lake Léman）向西行，到法国中部重镇里昂转道南向流往地中海。从里昂南边的小镇维埃纳到瓦朗斯（Valence），不到 100 公里的罗纳河谷，河流两岸多为陡斜的山坡，右岸向东或东南的山坡是西拉能够成熟的北纬极限。

"香港的红酒酒窖多卖波尔多和勃艮第红酒，后来经朋友介绍，在中环太子行的英国酒铺'贝瑞兄弟与路德'（Berry Bros. & Rudd）找到北罗纳河谷的红酒。"那是伦敦老牌酒商，英国女王御用，是法国名牌红酒都可以找到的地方。"想不到原来都是很名贵的红酒！"

"北罗纳河谷的红酒与在普罗旺斯的南罗纳河谷有很大区别。南罗纳河谷和地中海沿岸的普罗旺斯，以歌海娜为酿造红酒的主要葡萄品种，北罗纳河谷是半大陆气候，只有西拉能够适应它比较寒冷的气候，而且葡萄园都是在向东或东南的斜坡上。普罗旺斯的北边也种西拉，但天气太暖种出来的葡萄口感当然就没有温差高的北罗纳河谷细致了。"

"我在香港见到的北罗纳河谷红酒都是用单一的西拉酿造的。"

"这里可有点学问。"我禁不住要表演一番，"法国的法定产区红酒是不用标明所用的葡萄品种的。北罗纳河谷极北的名酒罗第丘（Côte-Rôtie）规定除了西拉外，可以用少于 20% 的白葡萄品种维欧尼。干红可以用白葡萄一起酿造是很罕见的。"

"怪不得我总觉得澳大利亚用西拉酿造的红酒和北罗纳河谷的有相当的差异呢。"不过我没有向亚尔伯特做再深入的解释，澳大利亚红酒的标签如果写着西拉，其实只能保证有至少 85% 的葡萄品种是西拉而已。至于奔富格兰奇，还含少量的赤霞珠，味道自然不同了。

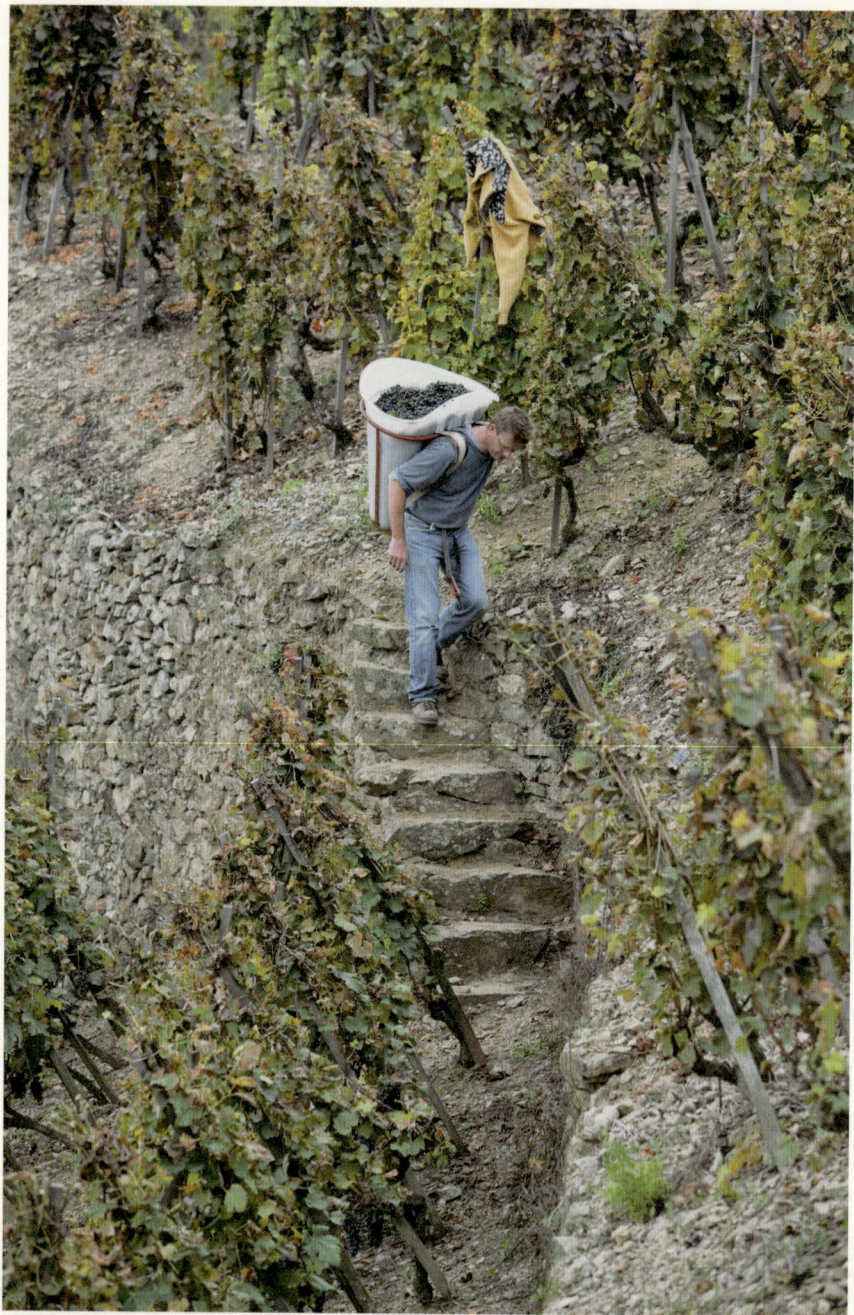

背着80 公斤的西拉下山坡

雄霸罗第丘的阿布斯古堡

欧洲和中华文明相比较，以法国和中国最有相似之处。大概是因为历史中的法兰西王朝和中华王朝的政权都是中央集权的。不相同的地方是中国历史总是分久必合、合久必分，强势的王朝也过不了300年的宿命。由于朝代更替频繁之故，中华大地的历史遗迹多在尘埃中灰飞烟灭。相反，法兰西古迹不仅到处可见，也融在了法国葡萄酒的醇香中。

"在英美世界里，北罗纳河谷的红酒以吉佳乐酒庄（E. Guigal）最负盛名。国际品酒竞赛，它每每榜上有名。我提议先到维埃纳看看令人屏息的葡萄园风景。"

"我只尝过罗第丘慕琳尼园（La Mouline）的红酒，酒体饱满，有胡椒香味，而且柔润，其他所知不多。听香港的酒窖介绍，罗第丘俯视罗纳河，葡萄园所在山坡斜度甚至高达60度。在这么陡峭的地方怎么可以种植葡萄呢？"

"北罗纳河谷葡萄园的种植面积不多。大约只有3000公顷，相当于普罗旺斯教皇新堡法定产区的大小。葡萄园一般都很小，有点像勃艮第，但红酒没有分顶级、一级及村级等。罗第丘法定产区只有200公顷，比勃艮第夜丘五大名酒庄稍大。你说的罗第丘慕琳尼园的葡萄园，是吉佳乐酒庄的独占园，位置在山脚，土壤比较肥沃，比它在罗第丘的另外两个独占园——杜克园（La Turque）和兰当园（La Landonne）的酒柔和些，少点阳刚之气。"

北罗纳河谷在两千多年前罗马帝国时期已开始酿酒。西拉品种可说是土生土长。吉佳乐酒庄是罗第丘最大的庄园，它的奠基者是现任庄主的祖父维达尔·弗勒里（Vidal Fleury），当年他只不过是当地一个有名的酒庄里的酿酒师。后来他向东家买下一小块葡萄园开始自力更生，在两代人不懈努力的奋斗下，如今已反客为主，买下了东家的庄园，不单拥有一个 50 公顷的名酒庄，而且也大力发展酒商业务，包括生产品质出众的罗纳河谷普通酒。

"上世纪 90 年代中期，吉佳乐酒庄在罗第丘买下了差不多是残垣破壁的中世纪建筑物阿布斯古堡（Château d'Ampuis），一个背靠陡峻葡萄园、位处罗纳河谷的庄园。最终一共花了九年多的时间，重新装修，变身成酒庄的大本营。酒庄内有迷宫似的两三公里长的地下酒窖，依然保存在阿布斯这里的小村庄中。"世界正以光速改变面貌，法国这种珍惜传统、为追求完美而不惜工本的精神，似乎和潮流格格不入。

"吉佳乐酒庄的杜克（La Turque）、慕琳尼（La Mouline）和兰多妮（La Landonne）在红酒界合称为'La La's 红酒'，懂得红酒的人无人不识，价格和波尔多五大酒庄并驾齐驱。不过它也有价廉物美的家常酒。"

"在这么陡峭的山坡种植葡萄也太困难了吧？"亚尔伯特的担忧是有理由的。

"中国有梯田，这里有楼梯似的葡萄园，一层层用石头建筑的墙巩固着每一层非常贫瘠的泥土和花岗石碎。每年雨季后泥土流失，要用人工把山下的泥土重新运回山上。不用说，这里根本不可能用拖拉机，一

切都是人工的……"

今天雄霸罗第丘的阿布斯古堡，吉佳乐家族在世界的声誉和金字招牌，原来是三代人努力耕耘的结果。

葡萄园泥土上的水

对于吉佳乐红酒在原产地的价格竟然和香港分别不大，亚尔伯特有点失望。

"在香港经常可以找到陈年名酒，反而在原产地却往往被售罄……"其实也没什么值得奇怪的。吉佳乐酒庄的罗第丘名酒如慕琳尼，葡萄园只有1公顷，年产不过几千瓶，只要几个大红酒进口商下订单，存酒就售光了。

"你看，山坡上一排排的石头围墙，好像是罗马的露天剧场，那就是吉佳乐家族有名的罗第丘葡萄园了。每次见到这些超过45度的斜坡，我总会惊叹种植者的意志。"

"昨天晚饭听你说，北罗纳河谷在北边的名葡萄园只有出产红酒的罗第丘和专产干白的孔得里约（Condrieu）山坡，加起来也只不过300公顷，也难怪昨晚喝的干白，是我在香港从来没有见过的呢！"

亚尔伯特人还在伦敦时，已经先来电话说好晚饭要吃鱼。"虽然法国的鱼不是游水的活鱼，却都是深海中捕来冰鲜的。香港的所谓野生游水石斑可真没法比。"

"是半条一公斤半的青鳕（Morue de l'Atlantique），简单加上柠檬片放入烤箱烤，就可以吃到原味。我还特意从酒窖拿了一瓶北罗纳河孔得

罗第丘45度山坡上的梯形葡萄园

里约村乔治·维尔佘酒庄（Domaine Georges Vernay）的干白。"

如果说吉佳乐酒庄代表了法国用西拉品种酿造干红的最高峰，那么乔治·维尔奈则可以说是法国用维欧尼品种酿造干白的佼佼者。他的儿子对于酿酒没有兴趣，庄园现在由本来在法国培养高官的巴黎国家行政学院教书的女儿来接手，成为泥土味道浓厚的酿酒界一时佳话。所以除了波尔多左岸的显赫古堡酒庄尽显豪门气派之外，如果在北罗纳河谷山坡上的葡萄园见到穿时尚服装和高跟鞋的女人，也不用大惊小怪呢。克里斯蒂娜·维尔奈（Christine Vernay）为她继承的酒庄带来了都市文明的气息，也把她父亲精湛的酿酒艺术推至更高境界。如果同意《红楼梦》说男人是泥做、女人是水做的话，就会联想到品位高尚的魅力女性，有如男人世界般的葡萄园里泥土上的水。

维欧尼酿造的干白有难以抵抗的花香，但奇怪得很，似乎除了在孔得里约这小小村庄的百多公顷的葡萄园之外，维欧尼酿造出来的干白总难令人称心。

"会见到乔治·维尔奈酒庄的女庄主吗？"

"我一早打了电话约会，但她不在。"

不过亚尔伯特还是满意的，买了两瓶孔得里约酒庄叫弗农（Coteau de Vernon）的干白，还有两瓶也是酒庄酿造的罗第丘叫 Maison Rouge（直译"红楼"）的干红。

"一般的孔得里约干白不要超过三年饮用，这酒庄的维欧尼可存放十年，不要着急喝。"我再三提醒亚尔伯特。

格里叶古堡的新贵

在四五年前，甚至连在法国，要买一瓶用维欧尼酿造的干白都不一定找得到。

勃艮第盛产以霞多丽酿造的干白，价格昂贵。幸好卢瓦尔河谷（La Vallée de la Loire）以密斯卡岱（Muscadet）酿造的干白以至中部葡萄园生产的单品种长相思（Sauvignon Blanc）酿造的干白，从价格来说就实惠得多了。几欧元就可以买一瓶，哪怕是炒菜蒸鱼，如果不是对菜色太过挑剔，又何尝不可？而以维欧尼酿造干白、生产在北罗纳河孔得里约村的百公顷多一点的名酒法定产区的，还包括了一个只有 3 公顷的独占园——格里叶古堡（Château Grillet）。

"既然到了孔得里约，我想兜到格里叶古堡看看。两年前听说它由法国的奢侈品富豪皮诺（François-Henri Pinault）买了下来，酒庄的酿造一直在重整中，如果有开门的话倒想看看新酒出来了没有。"皮诺拥有巴黎春天百货，作为奢侈品的名牌红酒，他则拥有波尔多五大酒庄之一的拉度酒庄和勃艮第夜丘五大名酒村沃恩-罗曼尼的尤金妮庄园（Domaine d'Eugénie）。北罗纳河谷的著名干白在香港或内地上市就指日可待了。

"也不是说附庸风雅就是追逐财富、玩物丧志的结果。"红酒文化也在推动对红酒质量更好的追求。

俯瞰罗纳河的格里叶古堡和它的葡萄园

虽然说北罗纳河谷的红酒有两千多年的历史，在波旁王朝时期也曾经获得法国路易十五和俄罗斯沙皇的青睐，但吉佳乐酒庄受到世界重视还得感谢美国酒评家罗伯特·帕克的追捧，他改变了罗第丘葡萄园的经济面貌。从罗第丘往南，沿着罗纳河的右岸行走六七十公里，北边是罗第丘的干红和孔得里约的干白，是两千多公顷生产便宜得多的红酒圣·约瑟（Saint Joseph）和克罗兹·埃米塔日（Croz Hermitage）的葡萄园。尤其是圣·约瑟法定产区的红酒，虽然比不上罗第丘浓郁，但果香醇度却做到毫不逊色。一分钱一分货，酒的价格低得多，品质当然有些距离，但在某些地方总得有一点补偿。

　　"说起来你可能不相信，种植维欧尼好像是孔得里约和格里叶古堡的专利似的。向南的地方就不再种维欧尼而种植玛珊（Marsanne）和瑚珊（Roussanne）两个白葡萄品种。和罗第丘一样，南面的干红也可以加不超过 15% 的玛珊和瑚珊混酿。"

　　"那你知道为什么维欧尼会突然从干白中消失吗？"

　　"听说维欧尼不太容易种，产量低。但近年来甚至在南罗纳河沿岸的山区也开始种植维欧尼了。好像格里叶古堡的干白，3 公顷多的葡萄园每年的产量只有 1 万瓶，每公顷产量只有 3000 瓶，产量非常低。整个庄园销售额也不到 100 万欧元，可见要保持酒的质量，真的只有那些奢侈品集团公司才有能力做到。"

　　"我估计波尔多五大酒庄之一的拉度的酿酒师都会来格里叶古堡帮忙的……"亚尔伯特可能猜中。那些家庭式的小酒庄，从种植葡萄到酿酒，真得要代代传承才有机会酿造出好酒。好像皮诺以现代公司组织形式的酿酒经营，固然可以更有效率地用科学的方法保持顶好的质量，不过酿

酒师的个人酿酒性格在红酒里就再也没有踪影了。

"将来必定喝上格里叶古堡很棒的维欧尼，但是也没有什么惊喜了。"

亚尔伯特同意我的看法吗？

"也只能在香港或内地才找得到格里叶古堡的维欧尼了！"我俩都笑了。

天龙轩的中餐西饮

　　如果不是有朋友带我们去位于港铁九龙站的国际贸易中心，可真不会想到乘坐电梯到 102 层的丽思卡尔顿酒店（Hôtel Ritz Carlton）的天龙轩进餐。亚尔伯特和我一样，从此变成了这里的常客。

　　"今年初在天龙轩吃了一顿取名'法国五月美食节'（Le French Gour May）的特别中式套餐，每一道菜配一杯北罗纳河谷一个叫隐士山（Hermitage，通译埃米塔日）的莎普蒂尔酒庄（Domaine Chapoutier）的酒，给我留下非常深刻的印象。我还特别用我的苹果手机，把菜肴和搭配的红酒拍下来。这次来了一定要到这隐士山去一趟。听天龙轩的介绍，这酒庄的庄主是个大人物。"

　　"海胆焗海螺搭配 2011 年孔得里约的干白'邀约'（Invitare），摩利菌龙虾球配 2001 年圣·约瑟的干白格拉尼特（Les Granits），香煎莲藕乳鸽糕配罗第丘的干红贝卡斯（Les Becasses）……光是这七杯莎普蒂尔酒庄的红酒，就要 2000 港币了！"

　　"真有点中菜西做的味道。焗海鲜而不是蒸海鲜，摩利菌炒龙虾是用法国的野生菇以中菜的炒功制作，法国菜并没有炒的概念。西餐吃的是一道菜，吃中餐有好几道菜，配红酒的话就需要好几瓶酒，好几只酒杯。"

　　"现今莎普蒂尔酒庄依然是家族生意，酒庄的葡萄园有 200 公顷，是

北罗纳河谷最大的庄园之一，主要的红酒是一直以来都比罗第丘更出名的隐士山。北罗纳河谷的著名红酒，北有罗第丘南有隐士山，隐士山也生产干白，但用的品种不是孔得里约的维欧尼，而是以玛珊和瑚珊配酿。你喝的是维欧尼酿造的孔得里约，以及只用玛珊单品种酿造的圣·约瑟，因为庄主米歇尔·莎普蒂尔（Michel Chapoutier）喜欢用单品种的葡萄。米歇尔年轻时便承继了他父亲的酒庄，葡萄园当时只有 20 公顷，而且经营困难。他是一个充满活力的经营者，鼓吹以生物动力法种植葡萄，用成熟低产的葡萄酿造，红酒质量迅速改善。现在不单自己酿酒，而且还经营酒商生意。从南罗纳河谷到普罗旺斯，连在澳大利亚也有合资的葡萄园，反正是酒的生意都扯上关系，真是像八爪鱼一样。"

"那他是一个酒商了？那他的酒还好吗？"看来亚尔伯特对酒商有点偏见。

"他脑子动得很快。罗第丘的吉佳乐酒庄有获得罗伯特·帕克 100 分的 La La's，他的隐士山法定产区也有几个面积很小、土质朝向很好的葡萄园，他酿造了少量的红酒，也得到罗伯特·帕克很高的评分。他很会做公关。我个人比较喜欢强劲但又轻盈的、有点果香的红酒，比较有个性。"

"那你要求太高了。如果莎普蒂尔酒庄有这么大的规模，那不太可能符合你的要求呢？"

"我总觉得名酒庄更有实力酿造出好酒，但亦更难酿造出令人惊喜的酒。如果酒庄庄主一身杂务，一定没有时间亲自来酿酒。"

"在香港，请客买酒，当然红酒的名气比质量上的惊喜更重要。小酒庄非常好的酒即便说价格很相宜，也不见得会卖得很好。"

隐士山法定产区的葡萄园在北罗纳河左岸一小块向南陡斜的小山坡上

五星小酒庄的五百年传承

团结就是力量。北罗纳河谷的三个小酒庄合作开发罗第丘红酒重镇维埃纳北边的葡萄园，将近二十年后声名鹊起，合资公司"维埃纳红酒"（Les Vins de Vienne）已蜕变成一个小酒商，自己葡萄园生产的红酒数量与销售相比已微不足道。

"罗第丘的吉佳乐酒庄和隐士山的莎普蒂尔酒庄由自己的名酒带动，用自己的招牌经营其他小酒庄酿制的红酒，是大型酒商，年销好几百万支红酒，我总觉得他的招牌酒是好酒，但似乎失去了那种令人惊喜的成分。这就是小酒庄在成长中所丢掉的最重要的东西。"莎普蒂尔酒庄庄主米歇尔最近还当选罗纳河谷葡萄酒行业协会（Association du vin de Côtes du Rhpone）的主席，加上酒庄本身有一百多名员工，公务缠身可想而知，相信他早就很难亲自酿酒了。由一个繁忙的老板和另一位酿酒师一起酿造出来的红酒有多少个性的表现，可想而知。

"经常听你说红酒是葡萄园风土的表现，一个好的酿酒师是把葡萄的品质潜力、精彩处在酿酒过程中表达出来。那有了好的葡萄园，请了好的酿酒师，不是就可以酿造出好酒了吗？"亚尔伯特说的也不是没有道理。不过当一切经济挂帅，好酒也会很快失去它的个性，很容易变成贵重的可口可乐了。

"好一段时间整个世界的红酒都'帕克化'了。因为帕克酒评的分

数对销售有很大的冲击，所以大酒庄或酒商很介意帕克的年度酒评分数。帕克相当忠于自己的口味，喜欢新橡木桶的浓厚香草味道，喜欢酸度偏低的红酒，慢慢地，尤其是波尔多的名红酒，为了继续得到帕克的高分，不知不觉中失去了它的独特性。当然小酒庄也受帕克影响，但相对来说它们有更大的自主权，有更多空间进行创新。"

"那你一定更喜欢小酒庄了？"

"不一定。不过只酿造少量红酒的话，更有机会保存酒庄的独特性。喜欢香草味是美国人的普遍现象，不过在帕克身上表现得淋漓尽致而已。我觉得如果中国的红酒市场份额超过美国的话，中国人写酒评必然是另一种风格，那时候就是红酒帕克时代的终结。"

"北罗纳河谷也深受帕克化的冲击？"

"这里哥伦布酒庄（Domaine Jean-Luc Colombo）的庄主也是酿酒师，做酿酒咨询，也是一个中型酒商。他之于北罗纳河谷犹如米歇尔·罗兰之于波尔多，他俩做酿酒咨询就是说明客户值得获帕克更高的酒评。不过帕克已好几年不写纳河谷的酒评了，他的影响力也将会很快消失。"

"那北罗纳河谷有知名的小酒庄吗？"

"差点没有想起来。我们开车到隐士山对岸南边的小村莫沃（Mauves）走一趟。除了有鼎鼎大名的大酒庄莎普蒂尔，隐士山还有有钱买它红酒的人都认识的沙夫酒庄（Chave）。据说酒庄家族从15世纪就开始种植葡萄和酿酒，500年的传承。十年前酒庄也开始做些酒商生意，不过它的量很小。在《醇鉴》（Decanter）红酒杂志的"世界100必尝名酒"中，沙夫酒庄的隐士山红酒排行第十呢。"

不用说，亚尔伯特催我赶路了。

隐士山葡萄园近照

三剑侠挑战 AOC

　　法定产区（简称 AOC）这个制度，是 1936 年首先在普罗旺斯的教皇新堡开始的。在 19 世纪末，美洲的根瘤蚜毁坏了大部分法国的葡萄藤，新的接枝方法让地中海沿岸的葡萄园重生。但经过了多年的灾难后，又碰上红酒质量参差不齐，出现了漫天开价的混乱局面。

　　"罗第丘在罗纳河的左岸，山坡的葡萄园都朝东或东南，山坡陡峭，所以在日间接收充分的阳光，有助葡萄成熟。山坡叫罗第丘（Côte-Rôtie），rôtie 意为烤焦，可以想象日照有多猛烈了。所以法定产区多在罗纳河的左岸，与勃艮第的夜丘和博恩丘有相似的地方。"

　　"红酒杂志上说法国有些好酒都不属于法定产区，这是怎么回事？"亚尔伯特真是打破砂锅问到底。

　　"法定产区制度有助规范市场运作。比如说以'罗第丘'命名的红酒，必须符合非常严格的要求，对质量有一定的保证。法国的酒庄成千上万，许多人买酒无所适从，法定产区做了一次比较客观的筛选。但任何的行政措施都有它的弊端。在同一法定产区内比较差的酒庄，可以仗着有名气的法定产区提高价格，还有划分法定产区完全是行政手段，不一定客观和绝对公平。不过法定产区更保护了一个地区的特产。法定产区有点商标的意味。"

　　"那好像吉佳乐酒庄，它的'罗第丘'红酒是'吉佳乐'这个商标

里面的一个更细致的客观质量保证。法国真有政府干预的特色。"

"所以就产生了许多例外，算是惊喜的例外吧。20 世纪 90 年代中，罗第丘地区三个名气相当的酒庄合作，要把罗第丘以北已经是在法定产区以外的、很陡峭的山坡恢复为葡萄园。山坡位于罗纳河右岸的伊泽尔村（Seyssuel），朝南方，据说早在古罗马时代已是葡萄园。这三个酒庄就是古月龙（Cuilleron）、维拉德（Villard）和盖拉德（Gaillard）。'三剑侠'一起创建了一家名叫'维埃纳红酒'（Les Vins de Vienne）的公司，开始在非常贫瘠的山坡上种植西拉和维欧尼。这块葡萄园酿造出来的酒只能够用罗纳河谷地方酒来命名。在法国国内一瓶红酒就卖三十多欧元。"

"那生意好吗？"亚尔伯特觉得有些奇怪。

"将近二十年过去了，这个合资的酒庄生意越做越大，开始只有几公顷的葡萄园，现在已经是个酒商了，还经营北罗纳河谷其他法定产区的红酒。据我了解，法国有许多小酒庄的红酒质量都非常好，比如说有块非常好但没得到认可的葡萄园，又比如说有非常优秀的农夫和酿酒师。可是法国杰出的推销员很少，实在太可惜了。"

"什么太可惜了？"亚尔伯特笑着说，"是我没有福气太可惜，还是法国出口少了可惜呀？"

"一个满地是宝的法国，就缺了些不需要什么大学文凭却又脚踏实地的推销员。"

"那你赶快去组织些好酒来香港啦，否则我都要去买名酒庄的红酒了。"

当然亚尔伯特没有说明白，中国人的面子是要花钱的。

第二章

葡萄种植和酿酒工艺

一、葡萄是怎样种出来的

冬活

当我从香港回来，重新踏入普罗旺斯的葡萄园，已是 11 月的最后一个星期。9、10 月间人们采集葡萄的繁忙身影不再。12 月的葡萄园静悄悄的，绿色的叶子一早在秋风中枯萎，渐至落叶归根。

"一个人修剪葡萄藤？"

听说我不在的一个多月里，秋雨下个不停，太阳再度露脸不过才五六天。

"莫里斯前两天刚用拖拉机预剪了。今年采完葡萄后，几乎一直在下雨，泥土喝饱了雨水，用不上拖拉机了。"莫里斯是歌丽的丈夫，四年前退休，把葡萄园给女婿耕种，留下房子附近的 4 公顷葡萄园过日子。"我见有太阳，想动动。莫里斯在家呢。"

"不是已经翻土了吗？"采完葡萄，接下来的农活是培土，但现今是用拖拉机的时代，除了在两行葡萄间用拖拉机松土外，在同一行两棵葡萄藤间进行传统培土和除草已不合时尚了。"这么早就开始修剪葡萄藤吗？"

深秋和冬天，当树叶飘落，正是植物冬眠的季节，种葡萄的人却已需要翻土和修剪葡萄藤，为来年的春天做准备。

"我们有句俗话，'早修剪、晚修剪，比不上 3 月动手剪'。但修剪葡萄藤很花时间，一棵葡萄藤有 6 到 8 支干，每支干要修两个眼。冬天昼短夜长，温度低，又经常下雨，葡萄园一地的泥泞，4公顷的地，我俩要预剪4个月。"

春耕夏休

3月，歌丽继续修剪，莫里斯则开动拖拉机开始喷除草剂。葡萄藤修剪的疤痕处出现树液，农民称之为"哭"（Pleurs），而这正是4月20日前后葡萄藤发芽的象征。

莫里斯不太喜欢种西拉。西拉的修剪伤口比较怕潮怕冻，所以在春天修剪比较保险。而且，西拉的枝软，需要把它们竖起来，会多花很多功夫。不过，西拉的单宁高，葡萄汁的深红色比歌海娜浓很多，因此酿酒合作社鼓励种西拉。"歌丽一个人去嫩芽，以避免长出过多的花串，从4月开始，叶子长得快，要抓紧时间清除葡萄藤上多余的嫩芽，有需要时还要把分枝绑好。这样打理4公顷的葡萄园，我们两个人要干两个整天。"

4月到7月是葡萄的生长期，农活特别繁忙。葡萄藤4月底发芽，6月初开花，在开花的一个星期前后，需要特别护理花的交配。歌丽已经开始把西拉的枝藤夹在两条铁线间，并且竖好。莫里斯就开拖拉机喷杀虫剂和铜粉。

"除了开花前后的两次喷药，在葡萄生长期的5—8月间，总共要喷5—6次药。"

可能是见我任凭家中三十多棵葡萄藤仿佛无人打理自生自灭般躺在菜园子里，莫里斯特意提醒我。

"怎么今天又开拖拉机修剪叶子了呀？"

罗曼尼·康帝酒庄李奇堡葡萄园的古老松土法

勤劳的莫里斯是个闲不住的人。

"5、6月里葡萄叶子长得快，太多叶子不仅白费营养，也会遮挡射到葡萄串上的阳光。春夏两季里，我们需要修剪叶子三四次呢。"在6月至8月间，人们大概会看到两三次莫里斯开着拖拉机，在他房子旁的葡萄园干活。而到8月20日左右，葡萄开始结果、长大直至变色前的一个月，似乎才是莫里斯夫妇比较清闲的时候。"去年你不是在8月15日去教皇新堡参加葡萄变色节吗？如果葡萄藤有太多葡萄串的话，我们会在葡萄变色前剪掉多余的、不太好的葡萄串。"

秋收

根据传统民间经验，以6月初开花后的100天作为葡萄刚好成熟的时间。当然，以现代的科学知识，取葡萄汁测一下其中的糖分会更准确。9月中旬，我去位于勃艮第博恩丘南端的朋友基勇的葡萄园，帮忙摘黑皮诺，然后在他的酒窖和他一起酿酒，回来后，见到莫里斯的采葡萄机依然停在院子里。

"你去勃艮第的一个星期中一直在下雨，没法用机器采葡萄。"莫里斯有2公顷葡萄园紧贴着他的房子，西拉占了半公顷，其余都是歌海娜。下雨后，由于担心西拉发霉，无论如何也要分开两天采。

喝酒的人怎知道种葡萄者的辛苦？光是采葡萄，在普罗旺斯用机器一天可收4公顷；人工采摘的话，在勃艮第就算有30个人，一天也只摘到一公顷半还不到的葡萄。不过，在普罗旺斯，每公顷只有4000棵葡萄藤，而在勃艮第，每公顷葡萄藤的数目要多一倍。

在北罗纳河谷罗第丘的葡萄园，夏天剪叶
在勃艮第的葡萄园，春天绑藤枝

二、红酒是怎样酿出来的

9 月是葡萄成熟的季节，邻居奥丽约我到她的酒窖一起酿酒。在一望无际的葡萄园原野，一两公里的距离已经算得上是邻居了。奥丽念完中专的酿酒师文凭刚六年，她父亲便从他的庄园分出 4 公顷朝东南的山坡葡萄园，帮助她成立了一个小酒庄。

"昨天我巡视了一趟葡萄园，同时剪掉了一些不太成熟或发霉的葡萄。今天葡萄收摘机采摘的葡萄我得再筛选一次，保证送往酒窖的都是高品质的葡萄。"酿造红酒的第一个条件是原材料质量的控制。"葡萄也不要过分熟透，否则酿造出来的红酒会缺乏清新感。"

美国酒评家罗伯特·帕克特别强调葡萄要过分熟透，看来奥丽和我都不是他的信徒。

"葡萄要百分百去梗。"经葡萄收摘机采摘的葡萄大致已经去梗。在传统手工采摘葡萄的过程中，葡萄是一串串剪下来的，去梗是既费时间又辛苦的工作。不过，即便现在有电动的去梗和同时碎葡萄皮的机器，依然有酒庄不去梗酿酒。"不去梗的话会有青草味，从梗浸渍出来的单宁比较粗糙，影响红酒的口感。"

"你放酵母了吗？"

奥丽在葡萄中放了二氧化硫以防葡萄发霉，却没有再用酵母去保证准时发酵。"这两个家伙我都不放，葡萄自动发酵是自然不过的，许多酒庄却依然加酵母，也太细心谨慎了。"

"酒精发酵大约需要一个星期时间，每天进行两次淋皮（Remontage），不过踩皮（Pigeage）在浸渍过程中只做一次。原因不是我的酒窖还没有安装自动的踩皮机，而是我要酿造果香浓、单宁不太高但细致的红酒。"奥丽想解释她酿酒的哲学。显然，她在罗伯特·帕克的酒评分数上一定是不及格的。

"怪不得你的红酒颜色有点浅。"我每天"踩皮"，不过是在300升的不锈钢桶中酿酒，用的不是脚而是手，每天一次，时间也是三星期左右。"今年单品种的歌海娜特浓，不到十天颜色已经接近石榴艳红了。我想保持果味重和细致的单宁，所以就不继续浸渍了。"

奥丽的红酒以歌海娜为主，加了大约30%的神索和慕合怀特混合发酵。"三星期的葡萄一起浸渍，效果比单一品种分开发酵然后再配制更好。"

"波尔多红酒都是单一品种分开发醇的。梅洛早熟，赤霞珠可要晚一个星期以上，想混合发酵也不好办。我尽量安排分配摘不同品种葡萄的时间，尽量混合发酵。今年的歌海娜收成晚了，质量特别好而且亩产又低，打算酿一桶纯歌海娜的红酒。"

奥丽在酒精发酵完毕后，继续浸渍三个星期，就把酒流放到另一个大酒桶里。

"我买了一个气压榨压机，比平衡螺转榨压机榨出来的酒质量好一些，所以现在对于把榨出来的红酒和流出来的红酒混合在一起我感到比较放心了。"奥丽知道我用传统的手动压榨机，又麻烦又累。不过也有好处，压多压少自己决定。

今年酿酒期间的天气特别暖和，和酒渣分离了的红酒没有几天就开始第二次发酵，也就是所谓的乳酸发酵，这种情况只有酿红酒才会有。

"我给你留了一小桶酒糟。"好心的奥丽知道我的酿酒桶是300升，这么少量的红酒自动开始乳酸发酵不太容易。奥丽的酒糟，就好像酵母一样，帮助乳酸发酵。乳酸发酵的动能，是把红酒的酸度通过自然的化学作用，减少一半。

"酸度刚好。这是万索布雷的村酒，亩产量有3800升。"奥丽还酿造了一大桶普通罗纳河谷干红，每公顷最多可酿造5000升，加上其他干白和桃红酒，共2万瓶。

"去年万索布雷村酒刚入了瓶。你不是说要用过的勃艮第橡木桶存酒吗？我有多余的。"用新橡木桶存酒会使红酒有很浓的香草味。"我的橡木桶也是别的酒庄用过两年的，我再用两年，这样一来香草的味道就不会太浓了。"

"罗伯特·帕克很喜欢香草的味道，自从他的酒评一统红酒世界之后，波尔多就流行香草味道的红酒了。有人因此取笑道，香草泡过的酒都是名酒呢！"这句话是用来拍奥丽的马屁的，她不太喜欢罗伯特·帕克。

"化验室刚证明我的红酒已经完成了乳酸发酵。"除掉沉在大桶底部的酒糟，加上二氧化硫，奥丽放心地将万索布雷存酒灌满勃艮第228升容量的橡木桶，让红酒好好地在低温环境中沉睡一年。然后澄清、过滤，可能还会再加二氧化硫吧，最后入瓶。

我的红酒呢？没有澄清，也没有过滤，也没有二氧化硫……但如果打算送朋友的话，也会加少量二氧化硫的。

　　　　　　　　　　　　　　　　　　　　　　　　　酒时光

在北罗纳河谷罗第丘山坡摘葡萄

Vinification en rouge
干红酿造示意图

Egrappage
(eventuel)
破皮去梗

Foulage
预压葡萄

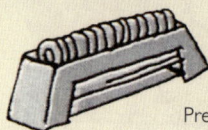

Fermentation
et maceration
酒精发酵
带皮浸渍

Pressurage
压榨

Vin de presse
酒渣压榨后得
到的酒

Vin de goutte
(grand vin)
直接由酿酒桶中
流出的酒

Fermentation
malolactique
乳酸发酵

Élevage
橡木桶陈酿

Mis en
bouteilles
入瓶

Vinification en blanc
干白酿造示意图

Ou

Foulage
预压葡萄

Pressurage
(immédiat)
迅速压榨
分离果汁

Maceration
浸泡发酵

Élevage
橡木桶
陈酿

Mis en
bouteilles
入瓶

三、好酒是怎样品出来的

西云这个年轻的小伙子，是我在奥丽的酒窖认识的。当时他在距离奥丽的酒窖（也是她父亲的家）只有 500 米的酒神酒庄（Domaine Saint Vincent）工作，职位是酿酒师。许多年前，我曾经到酒神酒庄买酒，后来酒庄庄主去世后，红酒质量每况愈下，也就慢慢忘记了它的存在。两年前听人说酒庄连 40 公顷的葡萄园也转了手。

"下星期到我家吃饭，尝尝我那几桶刚发酵完的红酒。吃饭我另有好酒招待。"

我总觉得，世界是属于年轻人的，酿酒品酒有西云和奥丽这些二十多岁的后起之秀，气氛必然更活泼、更有生气，不会像酒评大师说教那样，暮气沉沉，毫无新意。

"那我就先到，帮你把奥丽酒窖的勃艮第橡木桶运来。我把它在你的车房安放好。"

西云锯木固定橡木桶的位置，我就从三个不锈钢大桶中分别取出刚发酵完的红酒。一小瓶歌海娜配赤霞珠和佳丽酿，一小瓶纯歌海娜，第三瓶是纯佳丽酿。晚饭时，奥丽带来一瓶她酒庄的 2012 年万索布雷村酒，西云也拿了一瓶 2014 年他只酿了三十多瓶的纯西拉。这下，我们已经有五种酒要品了。

"我还准备了一瓶北罗纳河孔得里约最有名的干白，一瓶勃艮第一级葡萄园的干红，听听西云的意见。"奥丽酿酒专业，但很少接触波尔多和勃艮第名酒。西云回故乡定居后，在美国西岸的名酒庄工作了一年，在新西兰大酒庄酿过纯长相思干白，又到处参加品酒会，品酒对他来说，仿佛在他母亲的肚子里已经开始似的。

"酒袍颜色深红发紫。不透明也正常，还未过冬沉淀呢。"其实在夜晚的灯光下，也看不清楚。"酒杯上的酒泪相当厚……"

"黑加仑果味非常浓郁……"奥丽尝了一口，显然不是太自信。"有点像北罗纳河谷的红酒？"

"没有西拉。紫红酒袍应该源自赤霞珠吧？"西云噘起嘴把红酒啜进口腔，让酒在口中翻了翻。"明显是赤霞珠酒体架构，不过并不涩。梅干味，有佳丽酿的影子……"

"口感酒精度高，酒体饱满，应该是来自50%的歌海娜。西云说得对，单宁显然是赤霞珠。其他品种是佳丽酿，奇怪的是并没有感觉到佳丽酿单宁的粗糙。"其实上午我就先品了一次，纯佳丽酿红酒的单宁比想象中柔和。

"除了纯歌海娜红酒，其他两款的乳酸发酵应该完成了。滗析后你不是说要在勃艮第橡木桶存放到明年底吗？纯歌海娜红酒口感依然在发酵，可能得到明年春天温度回升了才会完成乳酸发酵。你的三款酒中最棒的很可能是这款百分百歌海娜了。不错的酸度，单宁相当高而厚身，亩产量一定很低。"

出乎意料，奥丽带来的万索布雷法定产区红酒的橡木桶香草味道非常浓厚，但西云似乎视而不见。不过我也理解，如果奥丽想把她的红酒打进美国市场，也总得向罗伯特·帕克这位品酒大师的营销术靠拢，将红酒在新橡木桶中存上一两年的时光了。

"你的纯西拉车房酒可以和罗第丘的名酒一决高低呢！"酒的颜色，紫红也好，石榴红也好，甚至是浅浅的覆盆子红，都是个人爱好，但颜色给了酿酒葡萄品种的线索，在灯光下一照，西云用纯西拉酿造的红酒，基本上就可以撇除勃艮第红酒的可能性。

"那你对于好酒是如何界定的呢？"

"如果像罗伯特·帕克那样过分追求橡木桶香草味，或是追求葡萄那种过熟而产生的红酒的过低酸度，那只能说是他个人的喜好。也有人不喜欢浓厚的香草味。"西云看看我，似乎是指他不喜欢我 2014 年用赤霞珠和歌海娜配酿存放在新橡木桶的红酒，"红酒酸度低，口感上就会觉得酒不平衡。你这瓶勃艮第博恩丘一级葡萄园的红酒，酸度恰到好处，罗伯特·帕克不会喜欢，他可能会以为葡萄还没有熟透呢！"

"那你有客观的标准吗？比如说这瓶 2012 年星月山庄（Reine de la Nuit）普通罗纳河谷法定产区红酒，你觉得如何？"我想听听西云怎么评我的红酒。

"这酒果味浓而复杂，单宁细致，不像是普通罗纳河谷红酒。我估计亩产不高，和教皇新堡差不多。稍微有点橡木桶的味道。有些酒，在品酒时觉得是好酒，但你不一定喜欢多喝几口。"

一瓶普通的罗纳河谷红酒在笑谈中很快被喝光了。这才是好酒吧！

波尔多爱士图尔酒庄的地下酒窖

第三章

**点酒的艺术：中餐的红酒
是怎样点出来的**

中西饮食习惯不同，除了中餐用筷子，西餐用刀叉之外，更大的差异是在菜单和酒单上。在国内上餐馆，似乎只有被问喝什么茶的份。如果想喝红酒的话，非要特别向侍者询问不可。如果是上正式的西餐厅，菜单和酒单必定一起呈上。对于已经失掉下馆子喝酒这一习惯的炎黄子孙来说，吃西餐点酒和出洋相差不多是同义词。其实，就算在法国，在西餐馆点酒也不是人人都熟悉的，不过，和中华民族上餐馆坐下先叫茶一样，喝酒也早已融入法国人的饮食习惯中。

上西餐厅，侍者都会把菜单酒单一起递上。普通的西餐厅菜单和酒单相当单薄，酒单大致分"杯酒"和"瓶酒"，而"瓶酒"里又分 0.75 升的标准瓶和半瓶装，不过半瓶装越来越不流行，难得一见。酒单中"杯酒"部分比较简单，一般有两款干红和两款干白，多属普通的红酒，但许多时候也颇有惊喜，它显示了餐厅老板是否爱酒之人，有没有用心去寻找又好又便宜的红酒。在法国有千万个小酒庄，代代出新人，如果口碑好，价格也会水涨船高。如果是高档餐厅，杯酒好坏特别考验侍酒师选择红酒的功力。

女儿十八岁生日，趁巴黎政治学院的几天假期，回香港换身份证。我带她到四季酒店的中餐厅龙景轩吃晚饭。庆祝她成年之余，也可以系统地示范一下点酒的艺术。说到底，上餐馆吃饭和喝酒是文化重要的一部分。说起龙景轩，这家世界上唯一获得米其林三星评价的中餐厅，经常来香港做生意的人士都不会不认识。四季饭店有酒店和服务公寓两部分，据说服务公寓住了不少从内地来的富豪，腰缠万贯，中餐厅龙景轩就是他们的食堂。晚饭定在 8 点钟，并非是我要依照国外的习惯，而是傍晚时分内地富豪和他们的家属一早就会坐满餐厅，哪有位子会空出来？

"你不是说，我十八岁那天要开坛教我点红酒吗？你先看看酒单上有什么你喜欢的红酒要点，反正你知道我不是很喜欢吃海鲜，肉类都行。"

这是她在巴黎很少上中餐馆的缘故吧？不过龙景轩中餐是颇受西餐影响的。

龙景轩的菜单，像任何一家中餐馆一样，洋洋大观。不过既然主角是示范点酒，葡萄酒是主角，菜看便以家常菜为好。点红酒配家常菜，才是点酒的精髓所在。

"那我们就别看菜单上什么鲍鱼燕窝之类的了，我点几款简单的菜就好，其实，菜越简单越考验厨师的功力。"

对于龙景轩的酒单，我还是有点印象的。虽然比不上米其林三星的法国餐厅，如香港置地广场的卢布松，酒单一百多页，目不暇接，不过精简的酒牌也还是会有惊喜。

"那么就叫一个冷盘，一碟肉类和一碟蔬菜，再来一个主食。"

冷盘：肉末炸茄子

肉类：四川辣酱爆黑豚腩肉

时蔬：如意琵琶映纱窗

主食：非同"饭"响

"一瓶酒会不会太多？我也不太会喝酒。"在西餐厅点杯酒，每杯的量是 12 毫升，也就是一瓶酒的六分之一。一般来说，一瓶红酒是四个人的分量，平均一人一杯半。我正在考虑两个人喝酒我如何点酒，龙景轩的侍酒师伯纳已经走了过来。

"这么凑巧今天你上班，有你讲解我就省心了。"

"冷盘肉末炸茄子？我会提议格里叶古堡的干白……"格里叶古堡

是北罗纳河谷有名的干白，由百分百的维欧尼酿造，有浓郁的花香味。"不过你们只有两个人，而且你们还是想喝干红吧？"

"今天我要选一款让我惊喜的干红，性价比也得高。干白的话，我也比较倾向一款用维欧尼或维蒙蒂诺（Vermentino，在法国普罗旺斯的蔚蓝海岸称 Rolle）酿造的干白，但酒单中找不到维蒙蒂诺的影子。"格里叶古堡是名酒，价格不菲，2010 年的干白在龙景轩是 3100 港币。而我叫的冷盘肉末炸茄子的价格是 180 港币，多不平衡呀！

"在酒单的'杯酒'里我看到一款勃艮第的普里尼-蒙哈榭村酒，我认识的酒庄名字叫路易·卡里永（Domaine Louis Carillon），有点不一样。"勃艮第金丘，北部夜丘以所产干红闻名，南部的博恩丘则以所产的霞多丽酿造的干白风靡全球，尤其是普里尼-蒙哈榭村的蒙哈榭，是世界上生产最贵重的干白的葡萄园之一。

"几年前路易·卡里永的两个儿子分了家，每人拿到 6 公顷葡萄园，这款村酒是 2011 年的，分家都有十年了。"勃艮第的酒庄产能非常小，如果不直接向酒庄订酒，不容易在酒窖找到，很快就会把酒庄忘记。

"雅克·卡里永（Domaine Jacques Carillon）的干白清新，有柠檬和苹果酸味。"伯纳知道我对橡木桶的香草味很在意，先打消我心中的疑惑。他倒了少许普里尼-蒙哈榭的村酒给女儿尝尝。杯酒也好，瓶装酒也好，侍酒师都会先倒少许给客人品尝，看看客人是否同意他的提议。

"妈妈从来不让我喝酒，我品尝也品尝不出一个名堂呀。"女儿喝了一口，有点尴尬，"干白我尝一口也够了，还是就叫干红吧，一瓶酒我们喝不完可不浪费了。"

我估计一瓶雅克·卡里永的普里尼-蒙哈榭村酒可能在 50 欧元左右，

一杯酒 240 港币也不算昂贵。

"我们餐馆也有很好的干红杯酒。价格跟干白差不多，二百多港币一杯。一杯干白、一杯干红，配一顿饭刚好。"

一位好的侍酒师，对于餐馆酒单上的酒应当一目了然，胸有成竹。他引导客人如何选择，提议一些名不见经传但令人有惊喜的酒庄红酒。

"你知道 2010 年圣埃美隆的芳宝（Château de Fonbel）？清新而余韵悠长，有杯酒，可能适合你女儿。"伯纳耐心地提供可参考的红酒。"如果是勃艮第的话，也可以考虑伍杰雷酒庄的热夫雷-香贝丹村酒，酒色深红，强劲有力，对你女儿来说，可能过分阳刚了。"

喜欢波尔多右岸红酒的人一般都会听过芳宝酒庄的名字。它是鼎鼎大名的右岸酒庄欧颂的另一个葡萄园，但位于圣埃美隆村的平原。红酒由同一团队酿造，是质量的保证。这款圣埃美隆特级村酒是以三分之二的梅洛和三分之一的赤霞珠配酿，有别于传统的右岸酒，多含相当分量的品丽珠。

"我挺喜欢伍杰雷的柏内-玛尔，这酒庄其他法定产区的村酒也不错。"柏内-玛尔是少有的跨越两个名酒村——香波-慕西尼和莫雷-圣丹尼——的夜丘顶级葡萄园。龙景轩酒牌上有 2010 年的酒，3950 港币一瓶。"正如你说的，这款酒我女儿会觉得过分强劲。你们有略微强劲但又优雅、具女性柔润的香波-慕西尼村酒吗？"

其实今天既然有明确的目的，想通过龙景轩的侍酒师来给女儿上一堂红酒文化的课，那就让伯纳表演他的绝技吧。

"你们不是叫了四川辣酱爆黑豚腩肉嘛，稍微有点辣，强劲精致的勃艮第红酒可以衬托出大厨的厨艺。这款孔菲永-科特迪多 2010 年的香波-慕西尼村酒可媲美一级葡萄园的酒。五年的酒，既保持了酒年轻的激情，又开始有陈年酒更丰茂的结构。"

"伯纳叔叔,你都变成文学家啦！"女儿都被热爱专业的伯纳逗乐了，"我们还叫了一份也是'文学作品'的菜：如意琵琶映纱窗。我看了英文才知道是芦笋煨笋尖什么的，这款酒也适合吗？"

西餐中，葡萄酒用来佐主菜，一般是肉类家禽和海鲜等，蔬菜作陪衬用，米饭也属蔬菜类。至于中餐，和米饭类似的面包还上不了盘子呢，只能放在桌子的一旁。如果和吃西餐一样，讲究以红酒配菜肴，中餐也只好吃完一道，再上另一道，上菜就要先考虑到上酒的秩序。如果吃中餐配红酒，也叫几道菜不分前后一哄而上，是否有点不讲究呢？不过，两个人吃中餐点酒还是比较简单的，以主菜为经纬，一白一红最好，或者只点干红也行。

"看你们的酒单，不同地区不同风格的红酒大致分阳刚和阴柔，似乎更倾向后者。每个产区总有一款相对便宜的酒，相信你们也是绞尽脑汁，尽力做到面面俱到，让客人感到舒服。连波美侯也有 2006 年笃丽孚十字酒庄（Château La Croix Toulifaut）的酒，虽然不是好的年份，但只卖 1300 港币，价格可说合理。右岸酒有偏柔和的趋向，女儿年轻，阳刚之气鼎盛，因此我想找一款既浓郁又优雅，再带些柔和气质的红酒。刚才看酒单，竟然发现有亨利·博诺酒庄（Château Henri Bonneau）的鲁利埃斯（Les Rouliers），真是一个惊喜。"

"这款酒鲜为人知，你是怎么知道的？"

亨利·博诺何许人也？乃是法国普罗旺斯教皇新堡法定产区和哈雅丝去世的庄主雅克·雷诺齐名的酿酒师。两人都用百分百的歌海娜酿造教皇新堡红酒。

"我真想试试这款地方酒。一早就想买,在法国的酒窖一直没有碰上,今天竟然在香港巧遇了。"

"是用歌海娜和神索配酿的,听说还是拿两种不同年份的酒勾兑的。"知道这么多细节,伯纳可说是真材实料的红酒专家了。"我还想向你女儿介绍另一种南罗纳河谷(Sud de Côtes du Rhône)红酒呢!"

"是不是北罗纳河谷酒商酿造的南罗纳河谷凯里昂村法定产区红酒呢?我更喜欢那些自己亲自种植葡萄园的酒庄。酒庄自己种植葡萄,在酿造的红酒中可以感觉到他花在葡萄上的感情。"说这些话连我自己都不相信,不过世界上的东西就是如此玄妙。

"我明白,酒商的红酒到底是一个生意。小酒庄的红酒有许多酿酒人的心血,有时就有惊喜,不过很多时候也会有质量不平稳的现象。"

"给你闻闻瓶塞。"无须我多费口舌,伯纳已经打开了一瓶鲁利埃斯。

伯纳把红酒倒进醒酒瓶,展现他熟练的手法,让红酒酒香在最短时间内在与空气的接触中释放出来,否则,酒香可能依然封闭在沉睡的红酒中。

"让你女儿尝尝这款红酒是否喜欢。"

点了酒,等上菜,红酒在透气,是到了和女儿闲聊家常的时刻了。

波尔多碧尚男爵堡的葡萄园

法国红酒选购指南

5 款贵重送礼的红酒

雄狮庄园
Château Léoville Las Cases

　　雄狮庄园有悠久的历史。17 世纪时，它和波尔多顶级五大酒庄中的玛歌、拉度同为波尔多梅多克最早种植的葡萄园，面积达 300 公顷。18 世纪末，价格紧随拉菲及拉度红酒之后。世事沧桑，法国大革命后大量贵族田产被充公出售，再历经分家，当时的葡萄园一分为三，雄狮庄园占原葡萄园围墙内的中心位置，紧邻拉度葡萄园，其他为雷欧维尔·巴顿酒庄（Château Léoville-Barton）及乐夫波菲酒庄（Château Léoville-Poyferré），都属 1855 年列级的二级酒庄。但酒的质量以雄狮庄园最好，与顶级不相伯仲但价格相对便宜。其红酒"侯爵堡"（Clos du Marquis）并非副牌酒，是圣朱利安村村酒，价廉物美。由差不多五分之四的赤霞珠酿造，酒体强劲深沉，储藏多年才适宜饮用。

拉梦多
La Mondotte

　　拉梦多是只有 4 公顷的葡萄园，经精心打造，是车房酒的佼佼者。1971 年史蒂芬·冯·奈佩格（Von Neipperg）伯爵收购位于圣埃美隆 20 公顷的卡农嘉芙丽酒庄（Château Canon La Gafilière）及其他葡萄园。但一直到 1986 年他年轻的儿子回家管理，才开始把拉梦多看作一个实验室，不舍工本，要出产一流的红酒，并邀请史蒂芬·德勒农谷（Stéphane Derenoncourt）为酿酒师。由于拉梦多的成功，其后史蒂芬·德勒农谷也名利双收，名扬四海。

皮埃尔·达莫：香贝丹-贝兹 2000
Domaine Pierre Damoy, Chambertin-Clos de Bèze 2000

热夫雷-香贝丹村在夜丘最出名，共有顶级葡萄园 9 个，而其中以香贝丹园（Chambertin）和香贝丹-贝兹园（Chambertin-Clos de Bèze）质量最好。后者也可自称香贝丹，可知名气更胜一筹。拿破仑特别偏爱香贝丹-贝兹园，喝红酒非它不可。皮埃尔·达莫酒庄独占香贝丹-贝兹葡萄园 15 公顷中的 6 公顷，可说得天独厚。酒庄只留下最好的葡萄酿酒，其余卖给酒商。而自己酿造又分特酿自用，质量更上一层楼。既是送礼佳品又有历史底蕴。

吉佳乐酒庄：慕琳尼 2000
Domaine Guigal Côte Rôtie la Mouline 2000

北罗纳河谷最出名的酒庄吉佳乐拥有位于陡斜的焦土山坡的最好的葡萄园。慕琳尼红酒用属碱性的硅质土壤种植的葡萄酿造，葡萄园在古罗马露天大剧院梯形山坡上。由 90% 的西拉和 10% 的白葡萄品种维欧尼混合配酿，是焦土红酒的特色。和焦土酸性土壤的棕丘（Côte Brune）葡萄园酿造的强劲雄性的红酒比较，此酒比较柔软。一般来说用西拉酿造的红酒需要长时间的存放，慕琳尼在新的橡木桶储藏三年半才上市。最好买陈年老酒，以免望穿秋水。

哈雅丝酒庄　Château Rayas

教皇新堡是罗伯特·帕克至爱的法国红酒，因为此法定产区出产的红酒亩产量低，最多不超过每公顷 3500 升，比波尔多一级酒庄和勃艮第顶级酒庄的亩产都低。再加上普罗旺斯阳光普照，让歌海娜成为含酒精高的葡萄品种。可是对于在法国业界和爱红酒人士中得到公认的哈雅丝，帕克先生从来没有给过高分。以百分百沙土种植的歌海娜酿造的红酒，据说浸泡时间不长，酒色接近勃艮第红酒，果味甘香而优雅，不为大师所欣赏。买红酒送喜爱红酒者，如果想给对方惊喜非此酒莫属。

10款喜庆宴会用的红酒

嘉仙庄园
Château Gazin

嘉仙庄园的葡萄园就在柏翠葡萄园（Château Petrus）的东邻，上世纪 60 年代向柏翠拍卖了几公顷葡萄园，现在还有二十多公顷。柏翠采用 100% 的梅洛，嘉仙葡萄园则以梅洛为主，兼有不到 20% 的赤霞珠及品丽珠，不过近年来有时也用 100% 的梅洛酿造正牌酒。嘉仙在七八十年代曾经用机器收割，红酒质量长期低迷。最近质量走出低谷，改头换面。

法维莱酒庄：科尔登顶级酒 2011
Domaine Faiveley, Corton Grand Cru Clos des Corton Faiveley 2011

去年底在香港见到法维莱酒庄的总裁兼庄主艾温·法维莱，就使我想起这款独占园红酒。在勃艮第只有两个酒庄有顶级红酒独占园，并以村庄的名字命名。夜丘的是罗曼尼·康帝，博丘的就是法维莱科尔登园（Clos des Cortons Faiveley）了。更特别的是葡萄还加上家族的姓名。一般酒庄都是一家人酿酒，葡萄园平均只有 10 公顷左右，而法维莱酒庄却有一百多公顷的葡萄园，几十款顶级、一级和村酒。法维莱科尔登由平均藤龄六十年的葡萄酿造，强劲而浓郁。酸性稍高，可久存。

力士金酒庄
Château Lascombes

　　作为玛歌二级酒庄，力士金可说是已渡过了它最黑暗的时期。在 2001 年被美国风险基金克罗尼投资基金(Colony Capital) 收购时，其质量可说是一无是处。力士金葡萄园有优良的土壤，但是那时在小园丘最适合种植赤霞珠的地方却种上了品丽珠，下坡适合梅洛的土壤种的却是赤霞珠。风险基金把葡萄园品种全部更换，重新购置酿酒设备，红酒质量已经改头换面。相信价格会不断提升。

凯隆世家
Château Calon-Ségur

　　酒庄名字中的 Ségur 取自 18 世纪尼古拉斯–亚历山大·西格尔 (Nicolas Alexandre de Ségur) 侯爵的姓氏。侯爵亦是拉菲和拉度两个顶级葡萄园的主人。据说侯爵曾说："我身在拉菲和拉度酿酒，但我的心却挂着凯隆 (Calon)。"古法语的 Calon 指在庄园附近河上载木材的小船，后来侯爵在酒庄名称上加上他的姓。凯隆世家是圣埃斯泰夫村最好的红酒之一，特别浓郁强劲，随时可存放二十多年。性价比高。

拉古斯酒庄 2000
Château Grand-Puy-Lacoste 2000

　　虽然是五级葡萄园，拉古斯仍属波亚克最好的葡萄园之一。酒庄的红酒质量典型而平稳。2000 年份红酒由 78% 的赤霞珠、20% 的梅洛和少许的品丽珠酿造。酒香让人想起玫瑰花和覆盆子果香，单宁细致，稍有胡椒感觉。有结构但口感丰满而柔和。好酒，应马上饮用。相信很快就买不到了。

孔菲永-科特迪多酒庄:
沃恩-罗曼尼
Domaine Confuron-Cotetidot, Vosne-Romanée

　　庄主孔菲永(Confuron)两兄弟都是酿酒师,分别为博恩丘著名的酒庄香颂(Chanson)和库尔赛(Domaine de Courcel)的酿酒师和葡萄园管理主管,也是夜丘武若园顶级红酒拉度的酿酒师。这个拥有10公顷葡萄园的小酒庄,以小作坊的形式酿酒,采摘十分成熟的葡萄,不去梗,整串葡萄发酵,浸泡时间长,包括在橡木桶中的存放,别具一格。新酒充满激情,陈年后越发丰富。村酒级红酒却有顶级或一级酒的风韵。

宝石酒庄:教皇新堡 卡尔 2012
Domaine du Caillou,
Châteauneuf du Pape, Les Quartz 2012

　　酒庄 9 公顷教皇新堡法定产区葡萄园的沙土铺满了鹅卵石,其余的 44 公顷为罗纳河谷法定产区。1936 年划定教皇新堡产区时,当时的庄主没有让官员进园视察,以致围墙内的葡萄园没有归入教皇新堡法定产区。酒庄酿造的普通罗纳河谷红酒的质量并不比一般教皇新堡名酒逊色。五十多年老藤,每公顷仅产 2300 升。歌海娜和西拉配酿。西拉在三到五年的旧勃艮第橡木桶存放 14 个月。深红酒袍,强劲而润滑饱满,具黑果和些微甘草香草口感,线条式的明确和优雅,单宁细致。歌海娜含量达 85%,却没有 15 度的高酒精的炀口感觉。

铁瓦龙酒庄
Domaine de Trévallon

如果说名酒庄一定有悠久历史的话，铁瓦龙酒庄便是少数的例外。庄主埃鲁瓦·杜巴克（Eloi Dürrbach）先生在 1973 年才开始清理他父亲留下的 60 公顷灌木丛，种了 3 公顷的葡萄，三年之后才第一次酿造出红酒。葡萄园朝北，所有 17 公顷各种一半的赤霞珠和西拉，其他 2 公顷的葡萄酿造干白。美国酒评家罗伯特·帕克给 1982 年份红酒极高评价，从此在英语国家声名鹊起，远比在法国闻名。2012 年份红酒色深，有黑果及灌木丛香味，单宁已圆滑，马上可以饮用，可存放 25 年。

玛丹-古尔酒庄：IGP 沃克吕兹 2011
Domaine Gourt de Mautens, IGP Vaucluse 2011

只有 13 公顷的葡萄园，50 年以上的老藤，其中有不少当地古老品种。从 2001 年开始，为保存当地品种，酒庄不再符合拉斯多法定产区要求，只能用 IGP Vaucluse（沃克吕兹）酒标。葡萄园虽小，却分散在不同朝向山坡，为碱性黏土泥灰岩。用生物动力法种植，每公顷出产不到 1500 升，只酿一种红酒。在勃艮第橡木桶和混合土酒槽存放三年后方上市。2011 年份红酒深红带黑，酒香扑鼻。烟熏和黑樱桃果味。口感均衡而润滑，稍感四川花椒，结构丰富。单宁组织细腻，可马上饮用，多存五六年更好。余韵悠长。

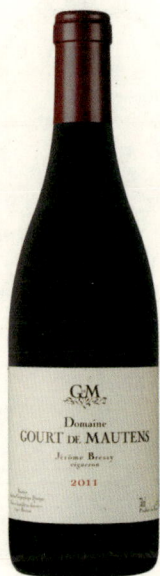

阿诺克斯-拉夏酒庄：香波-慕西尼 2009
Domaine Arnoux Lachaux, Chambolle Musigny 2009

今年 3 月份我在阿诺克斯-拉夏酒庄品尝酒庄前年酿造的红酒时，对香波-慕西尼的村酒和酒庄的顶级葡萄园依瑟索红酒进行了比较，村酒虽然有些清淡，却是另一种风格，质感毫不逊色。精致，优雅，具有女性的柔和。阿诺克斯-拉夏在夜丘共有 15 公顷葡萄园，共 15 款不同的顶级、一级葡萄酒。香波-慕西尼红酒由法定产区不同葡萄园的葡萄混合酿造，所以在标签上没有注明葡萄园的名字。

217

8 款好朋友聚会的红酒

翠陶酒庄
Château Larose-Trintaudon

在 18 世纪开始种植葡萄，共 175 公顷，是上梅多克最大的葡萄园。在 20 世纪 60 年代前长期缺少打理，几乎荒废。现在是德国最大保险公司安联（Allianz）的产业。在强大的资金支持下，质量平稳有保证，却无惊喜，只能算不过不失的家常酒。

法维莱酒庄：梅克雷 2011
Domaine Faiveley, Mercurey 2011

这款梅克雷颜色淡、果味浓，酒体比酸度相当的博恩丘南端的红酒要薄。法维莱酒庄自有葡萄园一百多公顷，酒庄在夜圣乔治，但不少葡萄园在梅克雷。此酒远比波尔多适合配广东菜。法维莱酒庄是勃艮第少有的大酒庄，林林总总由金丘北到南的名酒都自己酿造，质量稳定，在国内各大城市基本可以找到。

比隆酒庄：墨贡
Domaine Piron, Morgan

　　年初在酒庄见到庄主多米尼克·比隆（Dominique Piron）先生，凑巧运往中国的一个集装箱正在离开。2014 年中国国家主席习近平访问法国、途经里昂，比隆先生有机会和习近平握手并一起品尝他酒庄的红酒。其后他酒庄的红酒在国内畅销。撇开营销方面不说，比隆先生可是博若莱法定产区的头面人物，而他酒庄酿造的红酒，尤其是墨贡（Morgon）村酒杜派（Côté du Py）葡萄园的红酒在博若莱享有盛名。当然是百分百的佳美品种酿造，还可以久存。

波坦萨酒庄
Château Potensac

　　84 公顷的葡萄园是现今庄主让-休伯特·德龙（Jean-Hubert Delon）继承自他的祖母。德龙先生还是圣朱利安二级酒庄雄狮庄园和波美侯名酒庄列兰（Château Ninen）的主人。葡萄园在梅多克法定产区北近江，充满沙砾和黏土的小山丘地质接近名酒村圣埃斯泰夫，酿造的红酒可以存放多年。波坦萨酒庄是梅多克法定产区唯一的"特级中级酒庄"（Cru bourgeois exceptionnel）。

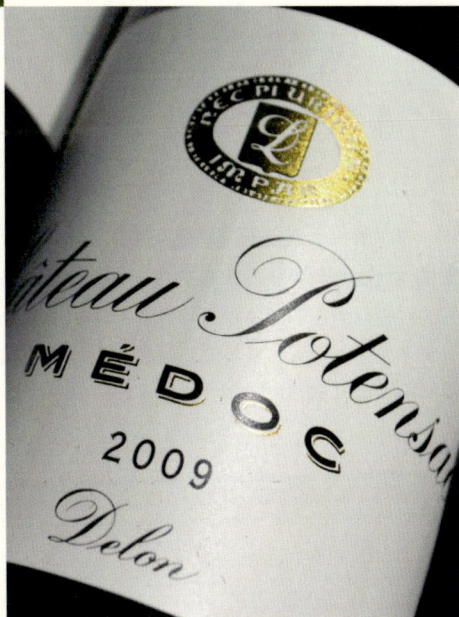

绍姆–阿尔诺酒庄：万索布雷
Domaine Chaume Arnaud, Vinsobres

　　虽然父母亲希望女儿将来有更具现代气息的职业，女庄主华乐丽年轻时还是决心继承家业攻读酿酒专业。葡萄园现有差不多 40 公顷，主要在万索布雷法定产区，碱性的石灰岩和碎石，山坡海拔高达 400 米，在南罗纳河种植西拉最理想。是现今少有的不用橡木桶酿酒和存放，只用不锈钢大桶的葡萄园，酿造的红酒具有清新和充满自然果味的特色，可为一绝。顺便一提，葡萄藤用生物动力法耕种。

赛尔康酒庄
Château Sergant

　　赛尔康位于波尔多拉朗德波美侯产区，属于"穷人的波美侯"。在 1969 年被米艾德家族（Milhade）收购，之后葡萄园的种植与酒庄的酿酒设备与技术都得到了更新和提升。以这样的价格，可以一尝与波美侯村风土相似的葡萄园的典型梅洛酿造的红酒，远比花几千块人民币上网乱买红酒合算。

爱斯卡勒酒庄
Domaine des Escaravailles

65 公顷的大葡萄园，其中 40 公顷位于普罗旺斯拉斯多村布满碎石的小山坡上，其他一部分在邻近属沙土的凯里昂村。整整三代人在这块普罗旺斯语意为"甲虫"的向阳山区种植葡萄，遥望美丽的卧龙山，离村庄有二三公里路程。如果没有迷路找到了葡萄园，在庄园的宽畅品酒厅会经常碰上住在附近的北欧退休人士或游客。显然强劲丰满的拉斯多村酒和细致的凯里昂村酒口碑远布。特别一提，现庄主吉尔斯·弗兰（Gilles Ferran）为闻名的酿酒师菲利菩·凯璜特酿一款叫卡隆德尔（Calendal）的红酒，由 60% 歌海娜和 40% 的慕合怀特酿造，显示酿酒师的风格，值得一试。

维埃纳酒庄：圣·约瑟
Les Vins de Vienne, Saint Joseph

是北罗纳河谷壮年一代酿酒师合作的结果，属酒商酒，但有一定的水平。如果不想花太多钱，又想品尝一下焦土山坡或隐士山，用 100% 西拉酿造的名酒，圣·约瑟是个好开端。但不要对酒的个性有太高要求。

4 款家常酒

杜夫一号
Dourthe No.1

杜夫一号是在 1993 年由当时的杜夫家族从目标葡萄园购买葡萄而酿造的，从性价比的角度看，体现了家族经营对质量的追求。1998 年由管理层收购，2007 年被香槟天诺（Thiénot）集团收购，但一直质量平稳。对于价格为一般家庭所接受而质量有保证的普通波尔多来说，这款不愧是一个好选择。用各一半的赤霞珠和梅洛酿造。友谊商店的骏德酒业是总经销商。

玛久思酒庄
Château Marjosse

这是波尔多右岸名酒白马酒庄和大名鼎鼎的一级酒庄滴金（Château d'Yquem）的总裁皮埃尔·勒顿（Pierre Lurton）自己的葡萄园，在"两海之间"（Entre-Deux-Mers），产普通波尔多干白的地区。有皮埃尔·勒顿先生劳作，质量自有保证。黑加仑果味浓，酒体有一定的结构。只是香草味稍重。性价比非常高。

万索布雷酿酒合作社：罗纳河谷的德尔菲娜
La Vinsobraise，Côtes du Rhône Delphinal

　　如果不是和万索布雷酿酒合作社的老总闲聊到中国，可不知道他跟国内的酒仙网有生意来往。酒仙网自夸专业，对许多红酒的介绍却是胡说八道。近年来红酒竞争激烈，合作社也多整合降低成本，除此之外，对红酒质量越加重视。这款普通罗纳河谷法定产区酒由传统的 70% 的歌海娜和 30% 的西拉酿造，是款可靠的家常酒。在网上只卖 59 元，如果考虑到进口各项酒税大约是到岸价的 50%，可说十分合算。

米斯特罗酒庄：AOC 普朗德迪约
Domaine Mistral，AOC Plan de Dieu

　　在国内买家常的法国红酒，最可靠的是到家乐福，另一个选择是麦德龙。米斯特罗其实是家乐福自己的牌子，为它酿酒的酒庄凑巧是我的朋友奥伯先生。在普朗德迪约村有 150 公顷的大葡萄园，土壤一流。不过他的酒庄只酿造大众化的红酒，在超市出售，自然有点粗酿滥造，十分可惜。在国内只售 99 元，这款葡萄亩产很低，是非常浓郁的罗纳河谷红酒，物有所值，不会令人失望。

1984—2013 年红酒历年评分表 [1]

年份	波尔多红酒	波尔多干白	勃艮第红酒	勃艮第干白	博若莱区	普罗旺斯红酒 [2]	北罗纳河谷区
1984	13	12	13	14	11	15	13
1985	18	14	17	17	16	16	17
1986	17	12	12	15	15	13	15
1987	13	16	12	11	14	12	16
1988	16	18	16	14	15	15	17
1989	18	18	16	18	16	16	18
1990	18	17	18	16	14	19	19
1991	13	13	14	15	15	13	15
1992	12	14	15	17	9	11	12
1993	13	15	14	13	11	14	11
1994	14	17	14	16	14	11	14
1995	16	17	14	16	16	16	15
1996	15	16	17	18	14	13	15
1997	14	14	14	17	13	13	14
1998	15	14	15	14	13	18	18
1999	14	13	13	12	11	14	16
2000	18	16	11	15	12	15	17
2001	15	16	13	16	11	15	17
2002	14	16	17	17	10	9	8

年份	波尔多红酒	波尔多干白	勃艮第红酒	勃艮第干白	博若莱区	普罗旺斯红酒[2]	北罗纳河谷区
2003	15	13	17	18	15	14	16
2004	14	17	13	15	12	16	12
2005	18	18	19	18	18	18	16
2006	14	14	14	16	12	15	16
2007	14	15	12	13	14	18	15
2008	15	15	14	15	14	14	14
2009	18	19	17	16	18	18	18
2010	18	19	16	17	16	15	16
2011	16	15	14	15	14	14	14
2012	14	14	14	15	14	14	14
2013	14	13	14	15	15	14	14

注 1：　以上表格采用 20 分制，是法国葡萄酒学院的评分制度，也是欧洲许多酒评家采用的计分系统。基本分为 10 分，每个级差为 0.5 分。在 20 分制中，分为 10 个项目，包括：外观（2 分）、颜色（2 分）、香气韵味（4 分）、挥发性酸（2 分）、整体酸（2 分）、甜味（1 分）、浓郁度（1 分）、特殊风味（2 分）、涩度（2 分）、整体评价（2 分）。得分评级如下：

17~20 分：　质量卓越

13~16 分：　质量合乎标准

9~12 分：　质量在标准之下

1~8 分：　　品质不佳

注 2：　普罗旺斯区出产的红酒以南罗纳河谷区的最好，其他区域如普罗旺斯山坡主要出产桃红酒，朗格多克产区则只有个别酒庄出色，其他较为参差，也较少人问津。故这里只列出南罗纳河谷区的评分。

跋

写完这本书，东拉西扯，再说几句话。

第一，法国葡萄酒产区比较重要的，还有香槟（Champagne）、卢瓦尔河谷和以生产雷司令（Riesling）出名的阿尔萨斯（Alsace）等地区。由于香港主要是红酒市场，就没有包括香槟。而在香港市面，除了常见的波尔多和勃艮第的红酒，以及偶然有些北罗纳河谷和普罗旺斯的红酒外，根本找不到其他产区的葡萄酒。所以从实用的角度，本书只讲四大产区。

第二，本书定义的普罗旺斯产区包括了南罗纳河谷、罗纳河左岸地中海沿岸的普罗旺斯山坡（Côtes de Provence）及罗纳河右岸地中海沿岸的朗格多克山坡产区，因为无论从历史文化、葡萄品种还是风土来说，三者都比较一致。北罗纳河谷已接近大陆气候，酿造红酒的葡萄是单一的西拉，而南罗纳河谷在20世纪初还讲普罗旺斯土话，也是地中海气候，主要的葡萄品种都是歌海娜。

第三，原本我想特别写一段有关欧美品酒的简单术语，但一想到说什么红果黑果，炎黄子孙可真弄不清楚是什么玩意。更不要说把酒香分体解肢，本身也实在有点钻牛角尖。不过在本书文字中免不了还是不时提到。希望国人将来会用自己的语言来作更体贴的描述，所以也就罢写了。

第四，从实用角度考虑，写了一段在西餐厅点酒的"实录"，但没有花费笔墨讲红酒和中餐配套的一些知识。原因是吃中餐大家共享几个大菜，以酒配菜就不大可能做到吃西餐的细致。点不同特色的酒更和个人的爱好有关。吃海鲜最好是干白，其实轻盈的博若莱也可能很适合，主要取决于海鲜是如何烹饪的。配波尔多红酒当然就有点别扭了。本书因为篇幅限制的关系所以就放弃了。

第五，为了让读者有几招防身绝技，干脆就推荐在市面上能比较放心买到的红酒。贵有贵的用途，也点出原因。平常宴会请客用的，价格风格各适其适。否则，本书最有实用价值的附录就毫无价值可言了。

最后，感谢李学军女士艰巨的编辑工作，耐心地对全书进行重新修改，使文字语言更加符合内地的阅读习惯，令本书增色不少。如果本书受读者喜爱，我的虚荣心还是会得到满足的。更不要忘记其他鸣谢：如果此书没有黄清霞女士的大力帮助，一定半途而废，谨此致谢。当然还有勃艮第、波尔多和罗纳河谷红酒产业协会的鼎力支援。也要多谢许多酒庄朋友让我在他们的酒窖品尝仍在橡木桶里乳酸发酵的红酒，或"垂直"品尝（dégustation verticale，指同一款酒不同年份的品尝），他们的名字就不一一罗列了。

陈增涛
于法国普罗旺斯星月山庄

图书在版编目（CIP）数据

酒时光：寻味法国葡萄园／陈增涛著. 一北京：生活·读书·新知三联书店，
2016.6
ISBN 978 - 7 - 108 - 05712 - 9

Ⅰ. ①酒…　Ⅱ. ①陈…　Ⅲ. ①游记 - 作品集 - 中国 - 当代
Ⅳ. ① I267.4

中国版本图书馆 CIP 数据核字（2016）第 109097 号

责任编辑　张静芳
特约编辑　黄纯一
装帧设计　赵　欣
责任校对　曹忠苓
责任印制　卢　岳　崔华君
出版发行　生活·讀書·新知 三联书店
　　　　　（北京市东城区美术馆东街 22 号　100010）
网　　址　www.sdxjpc.com
经　　销　新华书店
印　　刷　北京图文天地制版印刷有限公司
版　　次　2016 年 6 月北京第 1 版
　　　　　2016 年 6 月北京第 1 次印刷
开　　本　635 毫米 ×965 毫米　1/16　印张 15
字　　数　130 千字　图 78 幅
印　　数　0,001 - 5,000 册
定　　价　49.00 元
（印装查询：01064002715；邮购查询：01084010542）